CHARADE BUNKO

Illustration

サマミヤアカザ

CONTENTS

リリーフィールド修道院の発情

CHARADE BUNKO

駅から、小一時間ほどは山道を登ってきただろうか。

馬車を降りたジョエルは、尖塔（せんとう）の聳（そび）え立つ古い石造りの教会を見上げた。

それほど大きくはないが、背景を山に囲まれ、峻厳（しゅんげん）な雰囲気を纏（まと）っている。ジョエルは小さく身震いした。

リリーフィールド修道院——今日からジョエルが暮らすことになる場所だった。

ここでオメガたちは、淫らな本能を律し、静かな禁欲生活を送っているという。そして五年間、戒律に従って信仰を守り、定められた学問を修めれば、オメガでも教師の資格を得て系列の学校に推薦してもらうことができる。

ジョエルがリリーフィールドへやってきたのは、そんな希有（けう）な制度が目当てだった。

オメガの就職は厳しく、アルファのつがいになるか、実家に庇護（ひご）される以外の道はほとんどないと言ってもいい。どちらの当てもないジョエルにとって、教師になれるかもしれないという話はこの上なく魅力的だった。

実家は没落したとはいえ男爵家だが、アルファの異母弟が継ぐことが決まっている。ジョエルは、後妻である義母とは折り合いが悪かった。できるならば、実家を出て自立したかった。

寄宿学校も退学になったし、他に行くところはない。

（でも、ここで五年、頑張れば）

ジョエルは重い鞄（かばん）を持ち上げ、門に向かって歩き出した。

1

「よくお似合いですね」

リリーフィールド修道院で最初に命じられたのは、定められた修道服に着替えることだった。

ワンピース型の黒い長衣は、たしかに黒髪のジョエルには似合っていたかもしれない。白いケープを肩に羽織り、頭にはヴェール。十字架を首から提げる。髪を剃るのかと思っていたが、

――ここはオメガのための修道院ですから
他の施設とは違うらしい。

ジョエルに着替えを渡してくれた修道士に案内され、院長室を訪ねると、ジョエルの姿を見て、ラフェンスベルガー修道院長は満足そうに頷いた。

ジョエルといくつも違わないだろう。ヴェールから覗く亜麻色の髪も美しく、まだ若く上品な彼は、貴族出身のオメガだという。由緒ある修道院の院長は上級貴族の子弟から選

任されることが多いらしいが、オメガの院長はめずらしい。だからこそ、オメガを集めた特殊な修道院が成立することになったのだろうか。

彼の前でジョエルは誓願文を読み、祝福を受けて、リリーフィールド修道院の修道士となった。

「私や副修道院長たちを含め、修道士たちも全員オメガです。資格を得て教師になったオメガはこれまでにもたくさんいますよ。頑張ってくださいね」

慈悲を感じるものやわらかな声で説かれると、これからの五年間、なんとかやっていけそうな気がした。

「あとのことは修練長から。――ブラザー・ガブリエル」

「はい」

修道院長が傍に控えていた修道士に声をかけると、彼はジョエルへと向き直った。修道院長と同じくらいの歳だろうか。かっちりとした眼鏡をかけた黒髪の美形だ。

「修練長のガブリエル・グラッドストーンです。わからないことがあれば、なんでも質問してください」

「ありがとうございます。ジョエル・エルダーです。よろしくお願いします」

「こちらこそ。何か聞いておきたいことはありますか」

「あ……いいえ、特には」

咄嗟に思いつかなかった。

「では、こちらから質問しておかなければならないことがあります。——よろしいですか？」

「はい」

「前回の発情はいつはじまって、いつ終わりましたか？」

「えっ」

そんなことを聞かれるとは思わず、ジョエルは狼狽した。自然と頬が熱くなる。

二人はジョエルの返事を待っていた。じっと見つめられて、つい後ずさりそうになってしまう。

「オメガの体調を管理するために、知っておくべきことなのです」

答えを躊躇っていると、ガブリエルがつけ加えた。

（あ……そうか）

これからここで集団生活を営むことになるのだ。概ね三ヶ月に一度来る修道士の発情の時期を知っておくことは、きっと大切なことなのだ。

「あの……今月の初めにはじまって……つい先週終わりました」

ジョエルは目を伏せたまま答えた。

「そう。では次は三ヶ月後ですね」

「……はい」

「ブラザー・ガブリエル、ブラザー・ジョエルを部屋に案内して、ここでの生活について説明してあげなさい」

「かしこまりました」

ガブリエルに促され、ジョエルは彼とともに院長室を出た。

「リリーフィールド修道院には、聖堂のある教会棟と皆が暮らしている修道士寮があり、回廊で繋がっています。その他にも、貯蔵庫やゲストハウスなど、敷地内にはいくつかの建物があり……」

歩きながら、ガブリエルは説明してくれた。

敷地の至るところに野生の百合が咲いていた。リリーフィールドという名にふさわしい美しさだ。殊に中庭の群生はみごとだった。

「綺麗ですね。なんだか……まるで天国みたいです」

ジョエルは思わず呟く。

「天国……そうですね。百合には毒があるから、食べれば天国へ行けるかもしれませんね」

「え……」

そんな答えが返ってくるとは思わなかった。冗談なのかと思ったが、ガブリエルはくすりともしていない。

「……そうなんですね。こんなに清らかに見えるのに……」

「この裏手には薬草園があって、傷薬や解熱剤などさまざまな効果のある薬草を栽培しています。鎮静作用のあるものも。その世話も、私たち修道士の大切な仕事の一つです」

（鎮静作用……）

というのは、オメガの発情を抑えるということだろうか。抑制剤ほどの効果がないとしても、リリーフィールドではそれを自分たちで作っているのだ。

「薬草園の奥の山に自生している植物を収穫して食材や薬として使うこともありますが、迷うと戻ってこられなくなることがあるので、一人で踏み込んだりしないように。どのみち、院長の許可なく修道院の敷地から出ることは禁じられていますが」

「はい。……あの、これまでに戻ってこられなくなった人もいたんですか……？」

「狼（おおかみ）が出るとも言われているし、大昔にはそういうこともあったみたいですね。今は捜索隊を出してちゃんと見つけるから大丈夫ですが、大騒ぎになるうえに、厳罰に処されるので、安易な行動は取らないようにしてください」

「気をつけます」

「こちらが聖堂です」

　門から正面奥に見えていた建物だった。

中へ入ると、ジョエルは荘厳な雰囲気に圧倒されそうになった。

想像以上に高い天井には壁画が描かれ、装飾の施されたアール状の梁が織りなす模様も美しい。薔薇窓から射し込む光が、宝石を零したように床に意匠を描いていた。古いが、由緒ある修道院なのだ。

「毎朝、ここで夜間の祈りを捧げるところから、リリーフィールドの一日ははじまります」

「夜間の祈り……？」

朝なのに？

という思いが脳裏を過る。

「まだ真っ暗なうちにはじめるので、そう呼ばれています。夜間の祈りを含めて、祈禱は一日七回」

「七回……！」

驚いて声をあげてしまう。そこまでとは思わなかった。ガブリエルがそれを制する。

「静かに。リリーフィールドでは、静謐を求められます。大きな声を出すのは戒律に反します」

思っていたよりも厳しい規律があるようだ。

「すみません……気をつけます」

「それから賛歌や読書の時間……教師になることを希望する者には、読書の時間が学習と講義に充てられます。午後には労働……さきほど言った薬草園の世話や、掃除や調理など、自分たちのことは自分たちで行います。そして就寝。日が暮れて夕食が終わったら、終課……就寝前の祈りを捧げて一日が終わります。……単調でしょう?」

「い……いいえ」

単調、というか、面白いことは何もないような日課だ。そう考えていたことを言い当てられて、ジョエルは動揺した。

けれどそうして自らを律し、静かに暮らすことこそが希みだったのだ。

「起きるのも早いけれど、寝るのも早いので……夜は長く感じるでしょうが、戒律は守らなければなりません。ちょっと大声を出したとか、そういうこととは別のことです。もし破れば、重い罰を受けます」

その含みを持った言いかたに、ジョエルはガブリエルの言わんとするところを感じ取る。発情期が来ても、淫らな行為に耽ることのないよう――と、彼は言っているのだ。

「……はい」

寮へ向かって歩きながら、ガブリエルはさらに細かい戒律について説明してくれた。

そんな多くの戒律を、ガブリエルもまたすべて守って暮らしているのだろうか。

ジョエルは彼の美しい横顔を見つめる。彼は落ち着いていて、欲情などしたこともないような理知的な顔をしていると思う。

「……あの……」

「なんでしょう?」

(あなたも?)

本当にこの人もオメガとして発情して、我を忘れたりするのだろうか。とても想像できなかった。

「どうかしましたか?」

「い、いえ、あの……」

ジョエルは躊躇いながらも、思いきって問いかけてみた。

「ここにいれば、本当に自分を律せるようになるんですか……?」

「ここにいれば、というわけではないですね」

ガブリエルは軽く眼鏡を直して言った。

「リリーフィールドでは鎮静作用のある食事やお茶、信仰のための落ち着いた環境などがオメガのために用意されているけれど、結局は自分次第です。自分がどう信仰と向き合い、自分自身と向き合っていくか……それによって、オメガとしての正しい道を歩めるかどうかが決まるのです」

「オメガとしての正しい道……」

それはどんな道なのだろう。それもまた自分で見つけるしかないということなのか。

「あの……修練長も、オメガ、なんですよね……？」

「ええ」

「……ということは、……発情期が、あるんですよね……？」

「ええ」

当然のこととはいえ突っ込んだ──初対面の相手に対して失礼な問いだったかもしれない。けれどもガブリエルは答えてくれた。

「……信仰心で……乗り越えられるんですか……？」

「どう見えますか？」

「清廉で高潔な感じがして、発情なんかしたことがないみたいに見えます……！」

「ありがとう」

ガブリエルは、会って初めて微かに笑みを見せた。

「難しく考える必要はありません。オメガとして神に感謝の祈りを捧げ、静かに暮らす──それだけなのですから」

彼を見ていると、発情期を信仰によって乗り越えることなんか、むしろ当然のことのようにさえ感じられてくる。

神に祈り、戒律を守って、よいものを食べて静かな暮らしを送っていれば、自分もガブリエルのようになれるかもしれない。

（……頑張ろう）

もともとそうして自分を律せるようになって、仕事を得る、そのために来たのだから。

（でも、たったそれだけのことで、本当にあの狂おしい情欲が……？）

そんな不安には、目を瞑って。

ジョエルと同室になったのは、ローガンという茶髪の少年だった。

年下だが、もう六年もリリーフィールドに暮らしているという。几帳面な性格で、どちらかといえばジョエルも同じタイプだから気が合った。

礼拝や戒律、食事や仕事など細かいことについては彼が教えてくれた。

暗いうちに起きたり、一日七回もの祈りや乏しい食事などは辛かったが、しばらくするうちに慣れ、ジョエルの修道士としての生活は順調だった。

（こういう清廉な暮らしって、意外といいものだよな）

規則正しく静かで、落ち着いていていて。世俗の汚れや欲望とは無関係な生活を送っていると、自分まで浄化されていく気持ちになる。

「そう？　退屈だと思うけど」

と、ローガンは言う。ずっと暮らしていれば、刺激のない生活に飽き、そう感じるようになるのかもしれない。

「いつ出られるか……いつか出られるのかどうかもわからないし」

身元引受人が申し出るか、教師にならない限り、オメガたちはここから出ることができないのだ。先が見えなければ、牢獄にいるような気持ちになるのも当たり前かもしれなかった。

ローガンは、オメガだとわかってすぐ、両親によってリリーフィールドに放り込まれたのだという。

「ま、棄てられたようなもんだよね」

「そんなことは……」

「ジョエルは自分から来たんだよね、教師になるために」

「ああ」

リリーフィールドのオメガたちは、ローガンと似たような境遇の者が多いようだった。教師を目指している者でも、ジョエルのように二十歳を越えて自ら入院したような者はめずらしい。

「ローガンは、教師になる気はないのか？」

「ここに来て六年もたつのに、今さらだよね。勉強も得意じゃないし」

たしかに、覚えなければならないことは思っていた以上に多い。向き不向きもあるし、誰にでも勧められるものではないのかもしれない。

「ここの生活で、何か楽しいことってないのか？　刺激のあることとか」

「刺激、ね……。たまに他の修道院との合同ミサがあるよ。それがほとんど唯一の外部との繋がりかな。とは言っても全員出席できるわけじゃなくて、招待されるのは数人だけだけどね。ミサに選ばれるのは名誉なことなんだ」

「へえ……」

「あと、お客さん。たまに旅の人が立ち寄って、何日か泊まっていったりする。あんまり近づいちゃいけないことになってるけど、下界の話が聞けて楽しいかな」

「こんな山奥まで来る旅人なんているのか」

「たまにはいるよ。巡礼の人とか、夏場に療養のために来るとかね。このあたりは涼しいから。そういえば明日あたり、一人来るらしいよ。貴族様なんだって」

ジョエルには初耳だった。ローガンは長くいるだけあって友達が多く、情報通なところがある。ローガンに言わせると、ジョエルが疎すぎるということになるのだったが。

「ジョエルも何か聞かせてよ。ついこのあいだまで外にいたんだからさ、何か面白い話ないの？」

と言われても、特に面白いような生活はしていなかった。家は居心地が悪かったが、仕事もなかなか見つからなかったから、あまり外にも出ていなかった。

「そういえば、ジョエルって今までどうやって暮らしてたの？　下界ではオメガが暮らしていくのって大変なんでしょう？　僕はオメガだってわかったらすぐリリーフィールドに入れられちゃったからよく知らないんだけど」

「まあ、たしかにな……」

楽に生活できるような世の中だったら、ジョエルもリリーフィールドには来ていなかっただろう。

「……オメガだとわかったとき、父には俺と異母弟しか子供がいなかったんだ。一応俺が長男だったから、父は無理をしても発情抑制剤を手に入れて、学校にも行かせてくれた」

「恵まれてたんだ」

「そうだな」

「それがどうしてリリーフィールドに？」

「異母弟がアルファだとわかったんだ。跡継ぎも異母弟に決まって、家はもともと余裕がなかったから、オメガの俺にまでお金をかけられなくなって……」

「じゃあ、学校は……？」

「退学した」

　ローガンに答えたことは嘘ではない。けれどそれだけだったら、卒業まで残り一年ほど、どうにか学業を続けさせてもらえていたかもしれなかった。

（あんな事件がなかったら）

「そのあとは？」

「……家庭教師とかやってたんだ。……いろいろ、伝手とかで」

「家庭教師……！　そっか……今も先生を目指してるんだもんね。何を教えてたの？」

「ラテン語とか数学、作法とかいろいろ」

「凄いな。それなら簡単に資格も取れそうだね。でも、そんないい仕事があったんなら、わざわざこんなところまで来て教師になる必要なんてなかったんじゃないの？」

「まあ……そうなんだけど……」

　言葉を濁せば、だいたいのところは伝わったようだった。何か問題が――性的な問題が起こって、やめざるを得なかったのだと。オメガ同士だと、みなまで説明しなくても悟り合ってしまうところがあった。

　午後の仕事の終わりを告げる鐘が鳴ったのは、ちょうどそのときだった。

「そろそろ片づけないと」

「そうだね」

　収穫したものを、ローガンと二人で籠に背負い、薬草小屋に運んだ。

薬草の仕分けや簡単な小屋の掃除を済ませた頃には、少し陽も傾きかけていた。夕食の時間が近く、急いで寮へ帰ろうとする。

「あ……」

その途中で、ふとジョエルは足を止めた。

「どうしたの？」

「あれ、なんだろう？」

教会棟の裏手にある建物——ゲストハウスに、数人の男たちが何かたくさんの大きな荷物を運び込んでいるようだった。

「ああ、明日から来るお客さんの荷物かな？」

そういえばついさっきそんな話を聞いたばかりだった。

「……ずいぶん多いな。長く滞在するつもりなのかな」

「それもあるかもしれないけど、貴族様だからいろいろ揃ってないと不便に感じるんじゃないの？　あと、そういえば絵を描きに来るって聞いたから、その道具とか？」

「へえ……絵を」

リリーフィールドには、咲き乱れる百合の花をはじめ美しい風景が溢れている。描こうとする者がいても不思議はないのだろうか。それにしても、そのために貴族の身でこんな山深い田舎までやってくるというのは、ずいぶん変わり者のような気はするのだが。

「急ごう、夕ご飯に遅刻しちゃう」

「その前に、晩の祈りがあるけどな」

二人は再び足を早めた。

晩の祈りのあと、ようやく食堂で夕食をとる。

昼食は質素なりに、菜園で採れた野菜のシチュー、チーズや卵料理などが出るが、夕食はパンと果物くらいしかない。それでもやはり数少ない楽しみではあった。

(これじゃ、俺はともかく育ち盛りの子は辛いだろうけどな)

リリーフィールドには、十代の少年も少なくなかった。ローガンもその一人だ。

(ワインは美味しいけど)

香りがよくて甘い、赤ワインだ。自給自足が原則となっているため、このワインの葡萄もまた、修道院の裏にある葡萄畑で採れたものだった。余ったぶんは麓の街で売り、肉や魚などを購入することもあるという。

食事を終えると、寝る前の祈りを捧げて一日が終わる。

「おやすみ、ローガン」

「おやすみなさい」

燭台の灯りを吹き消すと、ジョエルは寝床に入って目を閉じた。硬いベッドやシーツは最初は寝苦しかったが、この頃ではだいぶ慣れた。

今日もまた、平穏な一日が過ぎようとしていた。

「……ん……」

いつものように、すぐにうとうとしはじめる。

けれどもこの日は、入眠していくらもたたないうちにはっと目を覚ましてしまった。何か聞いてはいけないものを聞いてしまった気がしたからだ。

(今……声が)

「ん……ん、……っ」

今度こそ、はっきりと聞こえた。

(ローガン……?)

この部屋にはジョエルの他には彼しかいないのだから、彼の声に決まっている。一瞬信じられなかったのは、普段のローガンとまるで違う、妙に艶めいた声だったからだ。

(――まさか、これ)

どくんと心臓が音を立てる。

(……ローガン、発情して……?)

そういえば夕食後、部屋へ戻ってきてからの彼は、なんとなく言葉少なでいつもとどこか違っていた。

オメガなのだから、三ヶ月に一度の発情期があるのは当たり前のことだ。リリーフィールドに来てからはまだないが、ジョエルもそうだ。父はできるだけ抑制剤を手に入れてくれていたが、高価なため毎回というわけにはいかなかった。そしてそんなときは、

(……自分で、……せずにはいられなくて)

けれどリリーフィールドでは、自瀆は戒律で禁止されている。違反を見つければ、修練長に報告しなければならない規則だった。

(でも、ローガンを密告するなんて)

報告すれば、ローガンは罰を受けることになるだろう。

——夜は長く感じるでしょうが、戒律は守らなければなりません。ちょっと大声を出したとか、そういうこととは別のことです
ガブリエルの言葉が耳に蘇る。

(密告しなくても、注意してやめさせれば……?)

けれども発情中のそれが難しいことは、身を以てわかっていた。一度はやめても、すぐに再開してしまう、きっと。それをまたやめさせるのか?

「……っ……ん、あぁ……ッ」

声は次第に大きく、あからさまになっていく。堪えることができないのかもしれなかった。シーツを蹴る衣擦れの音も、水音さえ混じっていた。

「……だめ、……ジョエルに聞こえる……、聞かれちゃう……のに、……っ」

自分の名を呼ばれて、どきりとした。ローガンもまたジョエルに聞かれてしまうかもしれないことを危惧してはいるのだ。やめたくてもやめられない――そのことを思うと、自分のことのように胸が苦しくなった。……なのに、その響きには苦悩というより、禁忌を犯すことでより深い愉しみを得ているかのような――そんな印象を受けてしまうのはどうしてなのだろう。

（そんな、まさか）

ローガンの可憐な顔を思い出せば、いくら発情中とはいえありえないと思う。自分のほうが邪推してしまっているのだ、きっと。

それにしても、まだ幼いと言ってもいいくらいの年齢のローガンがこんなにも淫らな声を出せるなんて。

聞いているのが辛かった。いたたまれないのは勿論、発情期でもない自分まで、深く眠らせたはずの情欲を呼び起こされてしまいそうで。

（ああ――そうだ）

聞きたくないのなら、部屋を出てしまえばいい。用足しにでも行くふりで。

思いつくと、一刻も我慢できなくなった。

ジョエルはベッドから下りると、転がるように部屋をあとにした。

（……手洗いに行っただけだと思ってくれればいいけど）

そもそも夢中になっていたとすれば、ジョエルが出ていったことに気づいてさえいない可能性もある。それならそのほうがよかった。しばらく時間を置いて戻れば、ローガンも落ち着いているだろう。

発情というのはそんなに簡単に治まるようなものではないけれども、満たされればある程度はましになるはず。

（でも……）

このリリーフィールドで信仰に身を捧げ、鎮静効果のある質素なものを食べ、節制して暮らしていれば、発情を抑え込むことができるはずではなかったのか。なのに、ローガンは。

（俺も……時が来れば……？）

発情期が来れば戒律を破ってしまうのだろうか？　リリーフィールドでの生活も意味を成さずに？

（いや……ローガンはまだ少し幼いし……）

大人の自分はちゃんとできるはず。

「……」

そのときふと、誰かの話し声が聞こえた気がして、ジョエルは顔を上げた。

行き場もなく、いつのまにかふらふらと寮の階段を下り、聖堂へとたどり着いていたのだ。誰もいないとばかり思っていたが、そうではなかったらしい。

誰だろう。見回りの修道士だったら叱られるかもしれない。ジョエルは見つからないうちにこの場を離れようとした。

なのに、つい足を止めてしまったのは、再び声が、思いのほか近くから聞こえてきたからだ。

周囲を見回せば、すぐ近くにある告解室のレリーフ格子から、わずかな灯りが漏れていた。

告解とは、信徒が司祭に罪を告白して赦しを得る、七つの秘跡の一つだ。中で二つに仕切られた小さな部屋に、司祭と信徒とがそれぞれ入って行う。それが今、ここで成されているのだろうか。

（こんな時間に？）

疑問だったが、それだけ重大な罪を告白しようとしているのかもしれない。そんなものを聞いてしまうわけにはいかない。

「――それで、どんなふうにそれをしたのですか？」

(……さっさと立ち去らないと)

「包み隠さず、すべてを告白しなければ、赦しをあたえることはできませんよ」

足音を忍ばせ、方向転換するジョエルに気づくことなく、告解は進む。

「修道服を捲りなさい」

(えっ——!?)

司祭の言葉に、ジョエルは思わず声を立ててしまうところだった。

(修道服を捲る……!?)

「さあ、早く」

「……はい」

衣擦れの音がする。司祭の言葉に従って、彼は修道服の裾を捲りあげたらしい。ジョエルは困惑のあまり、無意識に棒立ちになっていた。

そんな告解がありうるのだろうか。告解を受けている司祭は誰なのか?

告解を受けるには、司祭の資格を持っていなければならない。該当するのは、リリーフイールドでは修道院長と副修道院長たち数人だけだ。

(その中の、誰かが?)

声を潜めて喋っているせいもあって、ジョエルには聞き分けることができない。

「ああ……これは罪深いこと……」

猫を撫でるような声で司祭は言った。

「すっかり発情してしまって。強い信仰と自制心があれば、こうはならないはずですよ」

「ごめんなさい……」

彼――声の幼さからすればまだ少年だと思われた。彼は震える声で答えた。やはり自瀆に及んだことを告解しようとしてるのだ。

「どのようにしたのか、やってみせなさい」

(……やってみせるって……)

何を――と、問うまでもないほど明らかに思えたが、ジョエルは信じられなかった。

(……嘘だろ)

罪を告白すると言ったって、そこまで求めるのは普通なのだろうか?

「こう……握って、……こういうふうに……しました」

「実際にしてみせないと、わかりませんよ」

「……握って、擦りました……んっ……」

彼は鼻にかかったような声を漏らす。

(ほ――本当に、してみせてるのか……!?)

「何度擦ったのですか?」

「……」

「答えなければ、罪を告白したことになりませんよ」

「……覚えてません……わかりません……」

「では、わからないくらい何度も擦ったのですね……！」

司祭は呆れたように、上擦った声で言った。その罪を咎める響きの中には、どこか喜悦が混じっているようにも感じられた。ジョエルはますます混乱する。あまりに屈辱的な仕打ちのためか、少年はしゃくりあげた。

「どう感じましたか？」

司祭は容赦なく追及する。

「今は？」

「い……いけないことだと……でも、き、気持ちよくて、……凄く……」

「気持ちいい、気持ちいいです、あっ」

「昨夜とどちらが感じていますか？」

「今です、今のほうが、……っああ……っ」

「どうして今のほうが感じているんでしょうね？」

「そ、それは……ンっ、司祭様が、見守ってくださっているから……っ」

「ではもっと脚を開いてみせなさい。あなたの罪がわかるように」

「ああっ、ああっ、ああっ、もう……っ」

「出そうですか?」

「はい、出ます、出ちゃう、ああ……っ」

「よろしい、手を止めなさい」

「え、……っ?」

ジョエルまで同じように声をあげてしまいそうになった。

「告解しているのですよ。また自瀆をするつもりですか?」

「ち、違います、でも」

「昨夜も、そうして最後までしたのですね」

「……お……お赦しください、が、我慢できない……見逃して、出させて……っ」

立ち去るつもりでいるのに、脚が固まってしまって動かなかった。こんなこと、立ち聞きする気なんかないのに。——なのに、一晩に二回も他人の自瀆に立ち会ってしまうなんて。……いや、これは自瀆ではなく、告解——なのだろうか?

「悪い子ですね」

笑いを含んだ司祭の声が聞こえた。かと思うと、小さな音を立てて告解室の片方の扉が開く。司祭が出てこようとしているのだ。

(見つかる……!)

ジョエルは慌てて逃げ出そうとしたが、動かない脚がもつれてしまう。転倒したら、その音できっと気づかれる。

(だめだ)

崩れたバランスが戻らない。ジョエルはぎゅっと目を閉じた。

けれども床に叩(たた)きつけられる衝撃が訪れることはなかった。かわりに、誰かの硬い腕に抱きとめられていた。

ジョエルは恐る恐る瞼(まぶた)を開け、相手を見上げた。そして今度こそ本当に大声をあげそうになった。

(レスター……!?)

その口を、相手の大きな手が塞ぐ。

——静かに
と囁(ささや)く低い声も嫌味なほど整った顔も、よく知っているものだった。けれど彼がここにいることが信じられず、息が止まりそうになる。

何もわからないまま、こくこくと頷けば、口を覆った手が外された。

「おまえが、どうして……っ」

「しっ」

抑えたつもりで、つい大きくなっていた声を咎められ、ジョエルは再び口を噤(つぐ)んだ。

彼はジョエルを後ろに隠すと、司祭へと近づいていった。

司祭は出てきた扉とは逆の——信徒の少年がいるほうの扉を開けようとする。その背後から、声をかけた。

「司祭様」

「……！」

司祭が振り向いた。

「あ……あなたは誰です……⁉　ここは部外者は……っ」

彼は激しく動揺したようだった。その顔を見れば、彼はたしかに副修道院長の一人だった。

「今夜からこちらの別館でお世話になっております。レスター・ヴァンデグリフトです。寝つけなくて、聖堂の中を見学しておりました」

「……あなたが……」

司祭はレスターが滞在することも、ヴァンデグリフト侯爵家の人間だということも聞かされていたようだ。動揺がさらに激しくなったのが伝わってくる。

「ちょっと変わった告解だったようですね？」

「……そんなことはありません。当院はオメガのための特別な修道院ですから、他所（よそ）から来たかたには変わって聞こえたかもしれませんが、当たり前の教育的な指導を行っていただけです」

「リリーフィールド修道院ではそうなのですね。ちょっと興味が湧いてきました。もう終わったのなら、信徒のかたにお話を聞いてもかまいませんか？」

「いや……それは」

「終わったのでしょう？　司祭様が出てきたということは」

司祭はさらにしどろもどろになる。

告解室のもう片方の扉が開き、修道士の少年が飛び出してきたのはそのときだった。彼は顔を伏せたまま、聖堂から走って逃げていった。

レスターがわざわざ司祭に声をかけたのは、あの少年を助けるためだったのだ。

（昔……俺を助けてくれたみたいに）

それを見て、司祭もまた我に返ったようだった。

「こ……告解は好奇心で扱っていいものではありません！　修道士の尊厳にかかわることなので、今日のことは他言無用に願います。あなたも早く部屋へお戻りください……！」

彼は捨て科白（ぜりふ）を残し、踵（きびす）を返して聖堂から立ち去った。

2

レスターは、ジョエルが通っていた寄宿学校の同級生だった。

とは言っても、学校に多額の出資をしているヴァンデグリフト侯爵家の子息と、辛うじて爵位はあっても落ちぶれた男爵家のオメガとでは、あまり接点もない――はずだった。

それがそうならなかったきっかけは、入学して最初の試験でジョエルがレスターを抑えて一位を取ってしまったことにある。

そのあとは一度もレスターに勝てたことはないのだから、おそらくそのときの彼は、地頭のよさを過信して油断しきっていたのだろう。

だが、一度でも首位を逃したことは――しかもジョエルのような貧乏貴族に持っていかれたことは、レスターの中ではそれなりに大きな出来事だったらしい。

「おまえが？」

発表されたとき、彼は呆（ほう）けたような顔で、ジョエルをじっと見つめていたものだった。

そして、話はそれだけでは終わらなかった。

生徒たちの投票で、クラス監督生に選ばれたレスターは、副監督生としてジョエルを指名したのだ。

「ジョエル・エルダー。俺のパートナーになれ」

まるでプロポーズのような科白でそう告げられ、青天の霹靂だった。

副監督生の指名権は監督生にある。とは言うものの、得票数が二位だった者を指名するのが慣例だったにもかかわらず、だ。同級生とはいえあまりに出自が違うため、それまでは個人的接触さえほとんどなかったのに。

騒然となったクラスに、レスターは言った。

「一度でも俺より上だったことがあるのはこいつだけだろ。指名しないほうが、道理が通らない」

学生は平等という建前になっているとはいえ、名誉ある役職は上級貴族の子弟から選ばれるのが普通だ。下級貴族の、しかもオメガの——ということは公表していなかったが、そんな自分に務まるのかどうか。

十全な自信がないのなら、辞退してしまえばよかったのかもしれない。けれどもジョエルには、それはできなかった。指名されたことが——自分が認められたようで、たまらなく嬉しかったからだ。

「俺でよければ、喜んで」

ジョエルは応えた。

　おかげで、そのとき二位だったメイソンからは大きな恨みを買ってしまうことになったのだけれど。

　メイソンはレスターに次ぐほど家柄がよく、取り巻きも多かったが、性格的にはかなりたちが悪かった。

　彼はことあるごとにジョエルに絡んできた。嫌がらせが続き、身の危険を感じて、ジョエルは彼やその取り巻きたちとはできるだけ接触しないように気を配り、距離を置いた。けれども副監督生としての職務もあるし、同じ学園の中のこと、完全には避けられない。

　ある日、ついに捕まってしまって。

「……退いてくれないか。用があるんだ」

「通りたければ通ってみろよ」

　図書館の書架のあいだで追い詰められ、躱そうとしたが逃げ道を塞がれた。助けを求めて周囲を窺ったが、視界に人の姿が見当たらないだけでなく、館内はひどく静かだった。もともと静寂を求められる場所ではあるが、もしかしたら他に誰もいない――計画的に一人にさせられたのかもしれないと気づくと、危機感が押し寄せてきた。

「おまえ、オメガなんだろ？」

　寄宿学校では、トラブルを避けるために第二性別は原則として公表しないことになっていた。それでも雰囲気や態度、容姿などから推測されて噂になることも多かった。

「匂いがだだ漏れで臭いんだよ！」

発情抑制剤は飲んでいたが、それでもフェロモンを完全に抑えきれてはいなかったのかもしれない。

いちいち気にしてもしかたがない、暴言程度のことには慣れないと――そう思いながらも、ジョエルは言い返せなかった。オメガである自分に、それだけ自分でも後ろめたさを感じていたからなのかもしれなかった。

「レスターにも身体使って指名してもらったんだろ？」

けれどもそう揶揄された瞬間、かっと怒りがこみあげてきた。神聖な何かを穢されたような気がして。

「そんなわけないだろ、何を馬鹿なこと……！」

「どうだかな。だいたい貧乏オメガがこんなところまで何しに来たんだよ？　アルファを漁りに来たんなら、俺が買ってやろうか？」

メイソンはジョエルを腕で囲い込み、顎に指をかけてきた。

嫌悪感が突き上げてきて、ジョエルはそれを振り払おうとした。けれどそれより一瞬早く、メイソンはジョエルから引き剝がされていた。

「レ……レスター……っ」

レスターがメイソンの襟首を摑みあげていたのだった。ジョエルは目を見開き、彼を見つめた。メイソンもまた突然現れたレスターに驚き、ひどく怯んだようだった。

「なんでここに……⁉　寮会議のはずだろ⁉」

その科白で、彼がわざとこの時間を狙ったのだとわかった。レスターは唇で笑った。

「こんなことじゃないかと思ったんだよ。俺の連れを侮辱するのはやめてもらおうか」

「な、なんだよ、オメガを馬鹿にして何が悪い⁉　オメガなんて娼婦と同じじゃないか……！」

ただでさえ冷たかった空気がさらに冷たくなった気がした。自分のことで、このまま喧嘩にでもなってしまったら——。

「なんだよ、ちょっと揶揄っただけだろ……！　大袈裟な——」

レスターの表情に、メイソンは怯み、言い訳を口にした。ジョエルは二人を止めようとしたが、レスターのほうが一瞬早かった。彼はメイソンの腹に拳を叩き込んだ。メイソンは床に崩れ落ちた。

「オメガと娼婦は違う。それもわからないなんて、おまえは本当に頭が悪いな。一応、アルファかと思ってたんだが、違ったみたいだな」

「な……っ」

「ちなみに、俺の母親もオメガだが」

失せろ、とレスターは命じた。

メイソンは這うようにして起き上がると、口の中で何か捨て科白を吐いて図書館から出ていった。

「あ……ありがとう。助かった」

ジョエルはそれを半ば呆然と見送ってから、はっとしてレスターに向き直った。

「……別に礼を言われるほどのことじゃない。おまえがあいつに目をつけられるはめになったのは、そもそも俺のせいではあるし」

「そういうわけじゃないと思うけど……」

メイソンのあれは逆恨みだ。レスターが悪いわけではない。

「で、でも、どうしてここに……？」

「寮会議に来なかったからな。一分の遅刻もしたことがないおまえが遅れるなんて、何かあったと思うのが普通だろ」

（普通じゃない）

と、ジョエルは思った。たったそれだけのことで、レスターはジョエルを探して、助けに来てくれたのだ。たとえ気がついたとしても、探そうとまでしてくれる人なんて、そうそういない。

（心配してくれたんだ）

それにジョエルが侮辱されたことに憤り、言い返してくれた。オメガだという母親のためだったとしても、やはり嬉しかった。

そんなふうに他人に気に留めてもらったのは、ジョエルにとって初めてのことだった。監督生と副監督生でありながら、どこかぎこちなかったレスターとの関係が、しっくりいきはじめたのはそれからだっただろうか。逆恨みがきっかけになったというのは、メイソンにとっては皮肉な話だった。

見た目の華やかなイメージどおり、思いつきで大胆な行動をとるレスター。その後ろで着実に実務をこなすジョエル。

尻拭いをさせられて辟易（へきえき）することも多かったけれど、それなりにいい相棒になれていたのではなかったかと思う。

そんなしあわせな時期は、ジョエルが退学するまでの約二年ほどしか続かなかったのだけれど。

（それでも、あのまま何ごとも起こらなければ、あんな別れかたはしなくて済んだのかもしれなかったのに）

ジョエルはレスターと一緒にいることが多くなって、次第に彼と打ち解けていった。メイソンたち以外の級友にも溶け込み、嫌がらせの被害に遭うことも少なくなっていた。

ジョエルの父と同じくヴァンデグリフト侯爵も再婚で、レスターの母親は後妻、異母兄がいるという話を聞いたのもこの頃だ。少し似た家庭環境に、ジョエルは親しみを覚えた。

同時に、なんとなく納得もしたのだ。傲岸不遜なのに、レスターにはどこか憎めないところが――ジョエルにとっては可愛く思えるところがあること。ちっとも似てはいないのに、実家の異母弟と被るとでもいうのか、「弟」という属性によって育まれる何かなのかもしれない。

ジョエルの実家はさらに経済的に苦しくなり、抑制剤の仕送りも遅れがちになっていたけれども、どうにかやりくりしてそれなりに平和に二年が過ぎた。

そんなある日の夕刻。

ジョエルは教師に書類の整理を手伝うよう命じられた。

寮のハウスマスターの部屋へ行き、雑に扱われてすっかり混ざってしまっている文書を仕分けしていく。

こういった細かい仕事はジョエルに向いてはいるが、ときおり学生たちの個人情報まで目に入ってしまうのは、問題があるのではないか。けれど教師はまったく気にしていないようだった。そういう性格だからこそ、こんなに混乱しているのだろうけれど。

（早く終わらせて部屋へ帰りたい）

正直なところ、昼を過ぎた頃から体調が悪かった。まさかと思ったが、発情しかけているのだ。

（まだだいぶ先のはずなのに）

やはり毎日、念のために発情抑制剤を携帯しておくべきだった……と思っても、あとの祭りだった。

教師はジョエルに仕事を任せてどこかへ行ってしまい、部屋はジョエル一人なのは不幸中の幸いだった。

（……というか、今のうちに薬を飲みに行けば）

寮内にいるのだから、ジョエルの部屋もそう遠くはない。監督生と副監督生は一人部屋をあたえられていて、この点ジョエルはレスターに密かに深く感謝していた。

そんなことを考えて、集中力が散漫になっていたせいだろうか。

ジョエルは運びかけていた書類を床に落としてしまった。せっかく整理したものが、ばさばさと床に散らばる。

ジョエルは慌てて跪き、それらを集めた。

（あ……）

そしてふいに目に飛び込んできた名前に、つい手を止めてしまう。

たけれども。

（レスターの……）

仕分けをしていたときは、できるだけ内容を見ないようにしていたから気がつかなかっ

その書類の一点に、目を疑った。

（第二性別……ベータ？）

レスターはベータだったのか？

信じられなかった。

第二性別を公表しないのが不文律とはいえ、外見や能力などからアルファであれば――それに多分オメガも――なんとなく察せられるものだ。レスターがアルファでないなどと、ジョエルは勿論、学園の誰一人として考えたこともなかっただろう。誰よりもアルファらしいアルファだと思っていたのに。

ジョエルは呆然とその記述を見下ろした。他人のことであるにもかかわらず、ひどく衝撃を受けていた。そればかりではなく、なぜだか胸が苦しかった。

（なんで俺、こんなに……？）

虚脱したようになっているのか、自分でもよくわからなかった。

そのとき、頭の上に影が差した。

はっとして、ジョエルは顔を上げた。

「レスター……」

レスターがジョエルを見下ろしていた。後ろめたさのせいか、ただでさえ長身の彼が、さらに大きく見えた。

「こ……これは、先生に頼まれて……わざと、見たわけじゃ……」

言い訳がしどろもどろになる。

「ああ、これ――」

レスターはジョエルの傍にしゃがみ込み、書類をするりと手から抜き取った。ジョエルを見て、唇で笑う。

「がっかりしたか？」

「――……」

ジョエルは思わず息を呑んだ。

そう――彼がベータだと知って、衝撃を受けた……というより、「がっかりした」のだ、多分。

（なぜって）

レスターがアルファなら、もしかしたらオメガの自分と――もしかしたら、可能性があるかもしれない、彼に好きになってもらえる可能性が……？

自分でもほとんど気づいていなかったほどの、深く押し殺してきた淡い思いを、彼に見透かされた気がした。

（馬鹿だ）

たとえアルファとオメガだったとしても、レスターはヴァンデグリフト侯爵家の人間だ。可能性などあるはずがなかったのに。

気がつけばジョエルは、その場を逃げ出していた。

ただ、一人になれる場所に逃げ込みたくて、まっしぐらに自分の部屋を目指す。その途中で、いつもなら避けて通る渡り廊下を通りかかってしまう。

「あっ――」

そのことに気がついたのは、足を引っかけられ、思いきり転ばされてからのことだった。

「う……」

痛みに呻きながら、両手を突いて身を起こす。

ジョエルはメイソンとその取り巻きたちに囲まれていた。このあたりは、彼らのたまり場になっているのだ。それがわかっていたから、ずっと避けていたのに。

「自分から飛び込んでくるとはな」

メイソンとの関係は、時間がたつにつれ悪くなっていた。彼にとって、ジョエルが学校に溶け込み、レスターと距離を詰めていくことは、おそらくひどく悍ましいことだったのだ。

メイソンの歪んだ笑いにぞっとした。迂闊さに自分で自分を殴りたくなる。前回はレスターが助けてくれたけれど、今回はそうはいかないだろう。しかも相手は一人ではない。仲間がいるのだ。

半ば反射的に逃げ出せば、追いかけっこがはじまった。行く手を塞がれ、空き教室へ入り込む。机と机のあいだを抜け、ときには椅子を倒して活路を見出そうとする。けれども出入り口を封じられて、体力にも脚力にも劣ったジョエルが逃げ続けるのには、限界があった。

椅子に引っかかってまた転び、立ち上がろうとした瞬間、背中を踏みつけられた。床に這いつくばったまま振り向けば、肩越しにメイソンの姿があった。

「誰か見張ってろ。あとで回してやるからさ」

「了解！」

「押さえろ」

仲間たちはジョエルを仰向けにし、両手両脚を広げて押さえつけた。メイソンはジョエルの上にのしかかってくる。舌舐めずりをしてジョエルの制服のタイを引き抜き、襟に両手をかける。無理矢理はだけられ、釦がちぎれて飛んだ。

「やめろ……‼」

ジョエルは暴れたが、数人がかりの拘束から逃れられるわけはなかった。

「乳首凄えピンク！　やっぱオメガだからかな」

「っていうか、尖ってんじゃん」

仲間たちから揶揄され、かっと羞恥が突き上げる。

「発情してんだろ？」

「襲われて興奮したんじゃない？」

一斉に笑いが起こる。

「おとなしくしてたら悪いようにはしねえよ」

メイソンは肌を撫でまわし、乳首を摘まみあげてきた。

「あッ……！」

痛みと嫌悪感でぞわっと鳥肌が立った。なのにメイソンの指のあいだで、乳首は硬くなっていくのだ。発情のある身体が恨めしかった。声まで出てしまいそうになり、ジョエルは唇を嚙んだ。

メイソンはジョエルのズボンのベルトに手をかけてくる。

「やめ……っ、嫌だ……ッ」

ジョエルは渾身の力でもがいた。けれどもほとんどなんの抵抗にもならずに、前を開けられてしまう。ジョエルは思わずぎゅっと目を閉じた。

「見ろよ、こいつの……」

メイソンが揶揄しかけたのと同時に、扉の開く大きな音が響いた。反射的に瞼を開ければ、教室に飛び込んでくるレスターが見えた。

「レスター……っ」

ジョエルは目を見開く。

「なんでおまえ」

「見張りなら昼寝してるみたいだったぜ」

レスターの科白に、メイソンの取り巻きたちが激昂したのがわかった。彼らは殴りかかった。レスターはそれを躱し、逆に相手を殴り倒す。

彼は四人を相手にしてもまったく引けを取らなかった。椅子を頭から振り下ろされても避けて、逆に敵を蹴り倒す。ジョエルが考えたこともなかったほど強くて、わずかのあいだに全員を床に沈めてしまう。

そして蹲っていたジョエルを抱き起こした。

「大丈夫か」

ジョエルはこくこくと頷いた。半ば無意識にレスターのシャツをぎゅっと握り締める。震えながら、彼の胸に顔を埋めた。

怖かった。そしてほっとした。けれども安心した瞬間、ジョエルの意識は霞みはじめる。レスターの匂いがたまらなく甘くて、身も心も掠われそうになってしまう。

「レスター……」

「ほらみろ……！」

メイソンの声が降ってきたのはそのときだった。

「俺たちが襲ったんじゃない、そいつが誘ってきたんだ。そんなふうにな！」

「な……」

「男なら誰だっていいんだよ、オメガなんだからな……！」

ジョエルははっと我に返った。

（今……俺、……）

何をしようとしていたのか。レスターに抱きつくような真似をして。

（……レスターを求めてた……？）

そのことに気づいて呆然とした。そんなつもりじゃなかったのに、いつのまにかオメガの本能に呑まれてしまっていたのだ。

レスターの身体が急に強ばったのを、肌を通して感じた。そろそろと顔を上げれば、彼は目を見開いてジョエルを見つめていた。

レスターに縋ってしまったジョエルを嫌悪したのか、それともまさか、メイソンが言ったように、ジョエルが彼を誘惑したと思ったのだろうか。

ジョエルは半ば無意識に首を振っていた。

「違う……俺は……っ」

決してメイソンたちを誘ったりはしていない。けれどもレスターに対しては――欲情を感じてしまったのは、本当のことなのだ。自分の中の淫らなオメガ性を否定できず、ジョエルは動揺する。

どうにか言い訳を口にしようとしたとき、近づいてくる複数の足音が聞こえてきた。反射的に視線を向ければ、メイソンの仲間の一人が教師たちを連れてくるのが見えた。

メイソンは唇を歪めて笑った。

「退学にしてやるよ。こっちには大勢、証人がいるんだからな……！」

彼も仲間たちも皆、上級貴族やその縁者だ。彼らが証言すれば、貧しいオメガの話など誰も聞いてくれないだろう。どんな話でもでっち上げられてしまう。レスターがかばってくれたとしても、人数の差はおそらく覆せない。

ジョエルは教師たちの手でレスターと引き離され、別々に尋問を受けた。

メイソンたちは、発情したジョエルに誘われてつい行為に及ぼうとしたところ、レスターが現れて一方的に暴行された――そう証言したという。そして厚顔にも、暴力行為でのレスターへの処分を求めていた。

レスターは否定した。彼はジョエルが強姦（ごうかん）されそうになっていたのを救出しようとしてくれただけなのだ。

だが、それが真実であるにもかかわらず、ジョエルがレスターに抱きついている姿を教師に目撃されたことで、メイソンたちにも同じことをしたのだという話に信憑性が生まれてしまっていた。

ジョエルは諸悪の根源として退学を迫られた。

(……俺は悪くないはずなのに)

けれどそう主張しても、聞いてもらえないどころかレスターにも迷惑をかけてしまう。

メイソンは、ジョエルがおとなしく退学すれば、レスターへの告発を取り下げると言う。

ジョエルは自我を通すことができなかった。ただでさえレスターを巻き込んでしまっているのだ。もうこれ以上、迷惑をかけることはできない。

それに、もうどうせ学資的にも限界だったのだ。ジョエルが諦めれば、父も異母弟も助かる。

学校側の温情、ということで、ジョエルは自主退学のかたちで学校を去った。

謹慎中だったレスターとは、顔も合わせられないままで。

3

（あれから四年……か）

聖堂の外に連れ出され、並んで歩きながら、ジョエルはついレスターの横顔を見つめてしまう。

（なんだか凄く……大人っぽくなったな）

たった四年で。

当時から完璧な容姿に感じられていたけれど、こうして見るとあの頃はまだ少年らしさを残していたのだとわかる。

背が伸びて、肩幅も広くなった。スレンダーでありながら、筋肉もついたと思う。性格はともかく、少しは可愛げのあった顔立ちも、ずいぶん精悍(せいかん)になっていた。

（今も綺麗な顔はしているけど……）

絹のような銀髪はやや伸びて首の後ろで結わえられ、そのせいか、なんだか不思議と色気が増したようにも感じられた。

(……って、何を考えてるんだ)

もうあんな過ちはしてはならないのだ。絶対に。

「見惚(みと)れてるのか？」

ふいにレスターが言った。無意識にじっと見つめてしまっていたらしい。ジョエルは慌てて顔を背けた。

「な、何言ってるんだ。……ただ、ひさしぶりだから……」

「あんまりいい男になったから？」

「……っ、それは……」

否定できず、かといって肯定もできなくて、ジョエルは言葉を詰まらせてしまう。

「……自分で言うなよ」

ようやくそれだけ答えると、レスターは軽く笑った。

「おまえはけっこう変わったよな」

「そうか……？」

どんなふうに、と聞きたいような聞きたくないような気持ちでいるうちに、レスターは続けた。

「綺麗になった」

「は……!?」

ジョエルは素で声をあげてしまった。軽口を叩くことは多くても、そんなことを口にするような男ではなかったのに。

「な……何を言ってるんだ、……っ」

思わず噎せて、咳き込んでしまう。

「大丈夫か？」

レスターは背中を摩ってくれた。その途端、ふわっといい匂いがして、ジョエルは眩暈を覚えた。

(何をまた変な気持ちに……そもそもレスターはベータなんだから、いい匂いなんかするわけないのに)

自分でもわけがわからず、大丈夫とだけ答えて、彼の手から逃げる。

「と……ところで、どこに向かってるんだ？」

なんとなくレスターに誘導されるようにして歩いてきたけれども、あまり長い時間部屋を空ければ、ローガンに気づかれる可能性がある。

「ああ、そこ」

親指で示されたのは、ゲストハウスだった。

「今日からここで暮らすことになってるから」

やはり昼間ローガンから聞いた「お客」というのは、レスターのことだったのだ。

レスターは扉を開けて、中へ入るようジョエルを促した。

少し躊躇いながら、ジョエルは館内へ踏み込む。

レスターが洋灯(ランプ)に灯りをともすと、周囲が明るくなった。玄関ホールから廊下が続き、いくつかの扉があるのが見えた。

「……ここ、全部一人で使ってるのか……？」

「ああ」

ヴァンデグリフト侯爵令息としては、当たり前のことなのかもしれない。

一番奥の広い部屋に通され、ジョエルはつい周囲を見回す。

以前、掃除のために入ったことはあるが、本来の造りは板張りに暖炉があるだけの簡素なものだったのだ。

それが今は分厚い絨毯(じゅうたん)が敷かれ、窓には天鵞絨(ビロード)のカーテンがかけられて、すっかり雰囲気が変わってしまっている。もともとあった素朴な木の家具はどこかにしまわれ、かわりに布張りの優美なソファや、凝った透かし彫りの入ったテーブルなどが設置されていた。

促されて座ると、レスターが隣に腰を下ろしてきた。

「……」

なんとなく意識してしまう。

ひどい別れかたをしたのに、なぜこんなに普通に顔を合わせているのか、ジョエルは不思議だった。

(あんな目を向けられなくてよかったけど……)

──俺たちが襲ったんじゃない、そいつが誘ってきたんだ
メイソンがそう言ったときのレスターの瞳を、ジョエルは今でも忘れることができずにいる。

──男なら誰だっていいんだよ、オメガなんだからな……!

嫌悪とも軽蔑ともつかない、あの眼差し(まなざし)を。

思い出しただけで肌寒さを覚え、ジョエルはそれを慌てて脳裏から振り払った。

「そ……それで、おまえ、どうしてこんなところにいるんだ?」

ジョエルは問いかけた。再会したのは偶然だったのだろうか。──いや、偶然に決まっているけれども。

「大学に通ってるんじゃないのか?」

年齢的にはそうなる。大学へは進学しない上級貴族の子弟も多いのだが、レスターの場合それはもったいなさすぎるように思えた。

「……通ってるよ。ちょっと早めの冬のバカンスってところだな」

「ちょっと早めって……さぼってるってことじゃないか」

指摘すれば、レスターは軽く笑った。その懐かしい笑顔に、少しだけ胸が疼(うず)く。

「明日からの予定が、早く着いたんだ。修道院長には届けたんだが、今夜からしばらくここに泊まることになる」

「そういえば、絵を描きに来たんだとか……？」

ふとローガンの噂話を思い出して聞いてみる。

「あ？　ああ……よく知ってるな」

「たまたま耳にしたんだ。まさかおまえだとは思わなかったけど。……そんな趣味があったとは知らなかった」

最近はじめた趣味なのだろうか。

離れてからの長い時間を、ジョエルは思う。

「そうだろうな」

「え？」

「いや、……おまえ、俺のことなんてたいして知らないだろ？」

「……それはそうだけど」

一緒に監督生をやっていた頃は、気がつけばレスターのことを見ていたように思う。我ながら恥ずかしいくらいに。けれど、それももう四年も前の話だ。しかも彼が趣味で絵を描くことさえ知らなかった。

「でも、字はあんなに下手だったのに、絵は描けるんだな」

当時のことを思い出し、揶揄すれば、軽く小突いてくる。そんな反応が懐かしくて、ジョエルは笑った。笑いながら、少し切なくなった。

「……百合が綺麗だと聞いたからな」

「そうか。たしかに綺麗だよな」

リリーフィールドの百合は、絵にする価値があるとジョエルも思う。

「それで、おまえは？　なんでこんなところにいるんだ？」

自分のことを聞き返され、ジョエルは詰まった。

リリーフィールド修道院がどういうところか、レスターは知っているのだろうか。オメガたちが集まって、淫らな体質を律して暮らそうとしている場所だということを。

なんとなく、できれば知られたくないと思う。けれど当分のあいだここにいるのなら、たとえ今知らなかったとしても時間の問題だろう。

「あ……そういえば」

ジョエルはふと大切なことを思い出した。

学校を去る日の朝、今にも汽車に乗ろうとするジョエルのところへ、レスターの友人がやってきたのだ。彼は自室に監禁されたままのレスターに頼まれて、餞別(せんべつ)を届けに来てくれたのだった。

——ありがとう

ジョエルは、レスターが自分のことを気にしていてくれたのが嬉しかった。

――元気で、ってレスターに伝えてくれ
渡された箱には、発情抑制剤の詰まった壜がいくつも入っていた。汽車の中で開けてみて、ひどく驚いた。そしてどれほど彼に感謝したことだろう。

「あのとき言えなかったけど、薬をありがとう。凄く助かった」

ようやくちゃんと伝えることができた気がして、ジョエルはほっとした。

「……役に立ったならよかった」

「勿論……！　本当に助かったんだ！」

こんな言葉ではきっと伝わらないくらいに。そしてジョエルは躊躇いがちに続けた。

「……お礼の手紙を出したんだけど、届いてたか？」

「ああ」

やっぱり……と、ジョエルは思った。

(無事届いてたんだ)

なのに、レスターは返事をくれなかったのだ。感謝の気持ちだけでも、届いていてよかったけれど。

(だってあの薬があって、本当に助かったし)

それでも胸の痛みを覚えずにはいられないジョエルに、レスターの声が降ってきた。

「……そう言うってことは、俺の返事は届いてなかったんだな？」

「え……？」

ジョエルは顔を上げた。レスターの横顔を見つめる。

「返事……出してくれてたのか？」

「まあな」

たったその一言だけで、重苦しかった心が一瞬で浮き上がった。自分でも可笑（おか）しいと思うくらいに。

レスターは餞別をくれたものの、もうジョエルとはかかわりたくないと思っているのかもしれない。メイソンを誘惑したと思って軽蔑したのかもしれない。だから返事をくれないのかもしれない——ずっとそう思っていたのだ。

でも違った。

「……よかった」

呟きが口をついて漏れた。それだけで、ジョエルは不思議なほどふわふわした気持ちになっていた。

レスターは深くため息をついた。

「……届いてなかったとはな」

彼にとっても想定外だったのだろう。ジョエルは涙ぐみそうにさえなるのを隠し、顔を背けながら笑った。

「おまえの字が下手だから届かなかったんじゃないのか」

「まさか」

「他に考えられないだろ」

「……まあ、そうかもしれないが」

ほっとしたのと、レスターの不満そうな顔が可笑しくて、ジョエルは今度こそ大きく吹き出した。

「おまえなぁ」

レスターの腕が肩にまわってくる。ジョエルはどきりとしたが、肩を抱かれたというより、締め上げられたのだ。

「ちょっ、レスター……っ」

つられるようにレスターも笑った。二人で笑い合うのは、本当にひさしぶりのことだった。

ひとしきり笑うと、レスターは言った。

「あのときの薬は、まだ残ってるのか？」

ジョエルは首を振った。

「リリーフィールドに来る直前になくなったんだ」

「そうか。ちょうどそれくらいじゃないかと思ってた」

薬がなくなりかけた頃に、リリーフィールドの話を聞いたのだ。オメガでも教師になれる施設がある、と。

「……教師になろうと思ったんだ」

ジョエルは言った。

「ここで五年、定められた学問を修めれば資格が得られて、系列の学校で雇ってもらえるんだ」

「おまえなら、こんなところで学ばなくても教師の資格ぐらい取れるだろうに」

「仕事を得られることが大事なんだよ」

「……家庭教師は?」

「よく知ってるな、俺が家庭教師してたこと」

ジョエルは少し驚いた。

「……まあ、噂くらいは入ってくることもあるから」

ジョエルが教えていたのは、主に上級貴族の子弟だ。ヴァンデグリフト家ともそれなりに繋がりがあったのかもしれない。

何度か声がかかって、家庭教師を務めた。けれど退学になったときと同じような理由で、長続きはしなかった。

(……学校で教えても同じことかもしれないけど)

でも、もしかしたら上手くいくかもしれない。試さずに諦めることはできない。

「教師になるのはいいとしても……」

レスターは言った。

「ここってどうなんだよ?」

「ここ? どうって?」

「リリーフィールド修道院。何かおかしくないか?」

「……いや……」

別に何もおかしくない、と答えようとして、先刻の告解を思い出した。

レスターとの再会の衝撃が大きすぎて、忘れたようになっていたけれど、……あれは普通の告解だったのだろうか。

「あれはなんだったんだ?」

彼も同じことを考えていたらしい。

「何って……告解、だろ」

「俺が知ってる告解は、ああいうのじゃないけどな。好きでやってるのかもしれないとも思ったし、放っておくべきかとも思ったけど」

「す、好きでやるわけないだろ……っ」

「さあ、どうかな」

「……俺も割と来たばかりで、……正直驚いたけど」

あまりに動転して何も考えられなかったけれど、本当はジョエルがすぐにあの少年を助けるべきだったのだろうか。

(いや、でも告解なわけだし——)

本当に？

本当は告解などではなく、あの子はただ司祭の餌食(えじき)にされようとしていたのではないか？

(まさか、司祭様がそんなことを……？)

ジョエルはまだ信じられなかった。

「おまえは、したことないんだよな？」

「え」

先刻のような性的な告解を——という意味だろうか。咄嗟にそう受け取って、かっと頬が熱くなる。

「あ……あるわけないだろ……！」

「よかった」

「よかった？」

「だってああいうのが告解ならやばいだろう」

「全部がああなわけないだろ……！」

ジョエルは思わず声をあげたが、つまりそれは、やはり先刻のは普通の告解ではなかった——と、ジョエル自身も感じているということでもあるのだ。

「ジョエル」

レスターはジョエルの両肩を掴み、正面から顔を覗き込んできた。

「おまえは絶対、告解しようなんて考えるなよ」

「な……なんで」

「なんでって……そんなだからだろ……！」

そんな、というのは、ジョエルの血の巡りが悪いということが言いたいのだろうか。

「何をされるかわからないだろうが！」

あれが本当に告解にかこつけた猥褻な行為だったのか、ジョエルには確信が持てない——持ちたくないところがある。

けれどもレスターが本気で心配してくれているのが伝わってきて、嬉しかった。彼の顔を、ついじっと見つめてしまう。

「——なんだよ？」

あまり見ていたせいか、彼が不審そうに問いかけてきた。

「あ、いや。なんでも」

ジョエルは首を振る。

「……ただ、もう会えないと思ってたからさ、偶然とはいえ、やっぱり嬉しいなって」

返事も出してくれていたことがわかったし。

口にするのは気恥ずかしかったが、次の機会があるかどうかわからない。言いたいことは言っておきたかった。

(これで最後かもしれないし)

「おまえな……」

レスターはなぜだか頭を抱え、深くため息をついた。よほど照れたのだろうか。

「え?」

しばらく次の科白を待ったが、彼はやがて額に手を当てたまま、軽く首を振った。

「……いや、もういい」

俺も嬉しい、とか、言ってくれると期待したわけではないけれども。

もうちょっと何か反応してくれてもいいのではないかと思う。嬉しいのは、自分だけなのだろうか。

(それは、そうか……)

偶然の再会なんて、たいした感慨はなくて当然なのかもしれない。むしろ過度に喜ばれても迷惑なのかも。

あの頃は、それなりに上手くやれていたとは思うけれども、もう四年も前のことなのだ。

(俺のことなんか忘れてただろうし)

寂しいけれど、しかたがないのだと思う。

鐘の音が響いたのは、ちょうどそのときだった。ジョエルははっとして、ソファから立ち上がった。

「夜課がはじまる」

「夜課?」

「朝の祈りの時間。今のが予鈴だから、本鈴までに支度して聖堂へ行かないと」

「朝⁉ こんな夜中にかよ」

驚くのも無理はない。ジョエルも最初はそうだったのだ。

ジョエルは立ち上がり、踵を返す。

「あっ……」

レスターが何か言いたげに声を出した。ジョエルはつい後ろ髪を引かれるように、足を止めてしまう。

「あ、いや……またな」

(また……)

また会ってもいいのだろうか。

ジョエルの胸を不安が過る。このまま交流を取り戻したとしても、その先に待っているものがあるわけではない。身分が違うのだ。

（……でも、レスターがここにいるあいだだけのことだし……どうせ長くはいないだろうし……）

そのあいだだけでも、たまに会って話をするくらい、何も悪いことはないはずだ。別れるとき辛いという以外には。

「……うん」

ジョエルは微笑し、ゲストハウスをあとにした。

4

「こちらはヴァンデグリフト侯爵家の御子息、レスター・ヴァンデグリフト様です」

その日の朝課には、レスターは修道院長によって、リリーフィールド修道院の皆に紹介された。

「このリリーフィールド修道院で、趣味の絵をお描きになるそうです。しばらくのあいだ滞在なさるそうなので、皆さん親切にしてさしあげてください」

彼は、寮を除く敷地内の好きな場所で絵を描く権利をあたえられた。ローガンから聞いた話によると、ヴァンデグリフト侯爵家からリリーフィールドに多額の寄付がなされたらしい。

ジョエルたちが聖堂で祈っているときも、薬草園での作業中にも、絵を描いている彼の姿を見かける。

オメガばかりの修道院にあって、レスターは注目の的だった。

ただでさえ客という存在がめずらしいのに、それが若くて美しい貴族の絵描きなら当然のことだった。

本来は無駄口を禁じられているにもかかわらず、修道士たちは彼に群がり、下界の話を聞きたがる。レスターもまた律儀に応え、それどころか自分から声をかけて雑談を交わしていた。

（……そういうやつだったんだな……）

と、ジョエルは思う。

寄宿学校では、監督生として一目置かれる存在ではあったけれど、自分から他人に絡んでいくようなことはあまりなかったのに。

あのときは、学生たちのほとんどがアルファとベータだったけれど、オメガが相手だと違うのだろうか？

（下心があるわけじゃないと思うけど）

そしてそんな中でも、レスターは、ジョエルを見かけると声をかけてくる。またはいつのまにか傍に来て、荷物を持ってくれたり、仕事を手伝ってくれたりする。

「あ……ありがとう、でも草だから重くないし……」

「草でもこの量だと重いだろ」

「あ……」

薬草の入った籠を、ローガンの分まで一緒に取り上げて、運んでくれる。おかげでローガンには、揶揄うような目でつつかれてしまった。

　悪目立ちするのはまずいと思う。寄宿学校時代のメイソンとの件が脳裏を過る。同朋の修道士たちから、ときおり棘のある視線を感じる気がする。

　なのに、レスターとの他愛のない接触が、嬉しいと思ってしまうのを止められない。どうしていいかわからなかった。

（……どうせレスターがいるあいだだけのことなんだし）

　反感を持たれるほどの長い期間のことではないはずだ。……きっと。

「姦淫は戒律に反するんだぞ」

　そう思う傍から、修道士たちの中にはそんなふうに突っかかってくる者たちもいた。特にイーサンとブライアンは快く思っていないようだった。

「は……？　姦淫って、俺は何も」

「ゲストに色目を使ってるだろ」

「別に色目とかじゃ……。あれは昔の同級生で、偶然ここで再会したからたまに話してるだけで……」

「そんな偶然ってあるのかよ？」

「アルファにつながってもらいたくて、おまえが呼び寄せたんじゃないのか？」

　イーサンとブライアンは口々にジョエルを罵った。

「アルファって……あいつはそもそもベータだから」

その言葉は、彼らを驚かせたらしい。彼らこそが、それを狙っていたのかもしれなかった。

「アルファじゃないのか？」

「ない」

たしかに、どう見てもレスターはアルファに見える。けれども四年前に、ジョエルは書類を見てしまっているのだ。

ベータとはつがいにもなれないし、男同士、勿論結婚もできない。

（……って、何をいまさら、当たり前のこと）

「第一、ベータでなければゲストになれないだろ」

リリーフィールドでは、他の修道院と同じく巡礼者や旅人などに宿を提供してはいるが、許可を出す性別はベータまたはオメガの男子に限られていた。オメガの男子ばかりを集めた場所に、別館になっているとはいえアルファや女性を受け入れるのは危険すぎるからだ。

「それは……」

イーサンとブライアンは顔を見合わせる。

「じゃあ、おまえは遊ばれてるってわけか」

「ベータじゃオメガの男は孕(はら)まないから、遊び相手にするにはちょうどいいのかもな」

巷にはそういう不埒なベータの男も多いのだと聞いたことはあった。

（……でも、レスターはそんなこと）

「まあ、今はラフェンスベルガー修道院長に夢中みたいだけどな」

「えっ……？」

「さっき百合園であの人をモデルに絵を描いてるのを見かけたからな」

（——……）

その言葉は、思いのほかジョエルに衝撃をあたえた。信じられず、一瞬眩暈さえも覚えて軽くよろめく。

（……動揺するようなことじゃないだろ）

レスターは絵を描きに来たのだし、誰を描いたってなんの不思議もない。……でも。

ジョエルのそんな姿を見て満足したのか、

「嘘だと思ったら確かめてみろよ」

捨て科白を残して彼らは去っていった。


確かめてどうするのかと思いながら、気がつけばジョエルの足は百合園へと向かっていた。

百合園は聖堂の裏側にあり、品種改良によって冬でも咲く百合が栽培されている。冠婚葬祭用に出荷されるものだ。

一面に咲き誇る白百合。

その中に、街で売るための百合を切る修道院長がいた。そして少し離れたところに座って、スケッチをしているレスターの姿が。

（本当に描いてた）

ジョエルは小さく息を呑んだ。

遠くて聞こえなかったが、二人は楽しげに何か会話を交わしているようだった。レスターは、彼のことが特別に気に入ったのだろうか。

（……それとも）

――ベータじゃオメガの男は孕まないから、遊び相手にするにはちょうどいいんだよなイーサンの言葉が耳に蘇る。

レスターはそういうことをする男ではないと思う。けれどジョエルが知っているレスターは、四年前の彼だ。この四年で彼がどう変わったかなんて、ジョエルにはわからない。

（だって……そうじゃないとしたら、どうしてレスターは）

彼を描いているのだろう。

修道院長の上品な美しさに、百合はこの上なく似つかわしかった。レスターが描きたいと思っても不思議はない。

（……モデルとしてふさわしいと思った……？）

それもあり得るけれども。

（もしかしたら、一目惚れしたとか）

ふと、ジョエルは思い出す。

（そういえば……ラフェンスベルガー修道院長は上級貴族出身だって）

ベータとオメガの男同士では、結婚するとかつがいになるとかではないとしても、十分に恋人として釣り合いの取れる相手だ。

もしかしたら、二人はもともと知り合いなのではないだろうか。レスターは彼に会うためにリリーフィールドへ来たのではないか。

ジョエルは思わず強く首を振った。

激しくざわつく心を抱えて、ジョエルは二人に見つからないうちに、逃げるようにその場を立ち去った。

二人の姿が繰り返し脳裏に蘇って、その夜はあまり寝つけないまま、起床時間を迎えた。なかなか起き上がることができず、ジョエルは少し遅れてローガンとともに聖堂へ向かった。

まだ真っ暗なうちに営まれるゆえに「夜課」と称される朝の祈りの時間が、すでにはじまっている——はずだった。

けれど聖堂には、未だ祈りの声は響いてはいなかった。

かわりに祭壇の前に、一人の修道士が項垂れて跪いていた。ジョエルはそこで繰り広げられていた異様な光景に、扉の傍で立ち尽くす。

ガブリエル修練長が命じた。

「ベネディクト。あなたが見たものを証言しなさい」

「はい」

会衆席に着席していた修道士の一人が立ち上がった。

「セドリックは昨夜、寮の自分のベッドで自瀆行為に及びました。三日前から発情期を迎えていたようです」

「きちんと確認したのですね」

「はい。シーツを捲って確認しました」

「それは最後まで為されましたか」

「はい。私は止めましたが、最後まで行われました」

その証言に、修道士たちがざわつく。

（こ……これは、いったい何が）

何が起こっているのか、すぐには理解できなかった。だがやがて悟った。禁じられている自瀆行為を行ったセドリックが、告発されているのだ。ジョエルはあまりのことにぞっと悪寒を覚えた。

（戒律を破ったら告発されて、礼拝で吊るし上げられる……？　しかもただ、した、ってだけじゃなくて、最後までとか）

そこまで晒される。信じがたい恥辱だった。悪い夢を見ているようで、目の前で起こっていることが信じられない。

こんなことが普通に行われているのなら、前に見た告解室のあれも、普通のことだったのだろうか？

ガブリエルは、赤くなって震えているセドリックへと向き直る。

「ベネディクトの言ったことに間違いはありませんね？」

「……はい……」

セドリックは聞こえないほど小さな声で答えた。

「戒律を破ったことを認めますか？」

「はい」

「これが何度目の違反かわかっていますか？」

「はい……六回目になります……」

修道士たちが一瞬どよめいた。その中には揶揄めいたものも混じっている。それほど回数を重ねてしまった自律心のなさへの嘲笑なのだろう。

「もう二度と繰り返さないように」

「……はい」

ガブリエルはベネディクトに歩み寄り、何かの小壜を手渡す。ベネディクトは一瞬笑みを零し、お辞儀をしてそれを受け取った。

「あれ、は……？」

ジョエルは小声でローガンに聞いた。

「ドロップ……ご褒美だよ」

「ご褒美……？」

「発情抑制剤。密告したらもらえるんだ」

そんな制度があるのか……！

オメガにとって、喉から手が出るほど欲しいものだ。それを餌に、信徒同士で互いに見張らせ合う。その行為の悍ましさに、ジョエルは吐き気を覚えた。

「……告げ口してもいいよ。僕のこと」

ローガンは呟いた。何も言わなかったけれど、彼はジョエルが気づいていたことに気がついていたのだ。

「しない……！　するわけないだろ……っ」

ジョエルは反射的に答えた。密告などしない。たとえいくら発情抑制剤が欲しくても。

ローガンはジョエルの手をぎゅっと握ってくる。ジョエルもまた握り返し、そっと視線を交わした。

壇上では、告発がさらに続いていた。

「罪を犯した者は、罰を受けなければなりません」

ガブリエルから別の修練長へと鞭（むち）が手渡された。

「跪き、修道服を捲りなさい」

「……っ、お許しください……！　もう二度といたしません、誓います……！　ですから」

セドリックの必死の訴えを、ガブリエルは一蹴する。

「リリーフィールドに来たときに、すでに誓っていたはずですよ」

「……っ……」

「決まりは守られなければなりません。戒律を破った者には、罰を」

セドリックは修道士二人がかりで祭壇の下に押さえつけられた。尻を会衆席に向けて掲げるような、屈辱的な体勢を取らされる。そして修道服を捲りあげられた。

そしてそのセドリックの白い尻に、修練長の鞭が叩きつけられた。

「ああっ――！」

肉を打つ鞭の音と、セドリックの悲鳴が聖堂に響き渡った。

あまりにひどい仕打ちだった。しかもそれは一度だけのことではなかったのだ。鞭は二度、三度と振り下ろされる。そのたびにセドリックは絶叫した。

ふと、修道服を引っ張られる感触に見下ろせば、ローガンがその端を握り締め、蒼褪（あおざ）めて震えていた。

(ローガン……)

(もし俺がローガンのことを密告していたら)

ローガンもまた同じ目に遭わされていたのだろうか。

(こんな、ひどい)

戒律は守らなければならない。破れば罰を――それは正論だが、本来自瀆は極めて個人的な秘密だ。それを暴いて吊るし上げ、衆人環視の中で罰を与えるなんて。オメガの本能は、それほどまでに抑え込まなければならないものなのだろうか。

なんとか、やめさせることはできないか。処罰は必要だとしても、もう少し軽いものにするとか。

(修道院長に直訴すれば……？)

リリーフィールドに来た初日の、彼の温かい笑顔を思い出す。話せばわかってもらえるのではないだろうか。

(こんな罰が繰り返されたら、他の皆も怯えて信仰どころでは……)

会衆席側を見れば、修道士たちは固唾を呑んで懲罰を見つめていた。誰も声を発さないが、彼らが感じている恐怖が伝わってくるようだった。

けれど同時に、ジョエルはそれだけではない何かを感じとってしまう。彼らの瞳は大きく見開かれ、ぎらぎらと潤んでいるのだ。

「……っあぁぁ……ッ」

セドリックに視線を戻し、ジョエルは赤面した。

(あ……まさか勃……？)

捲られた修道服の陰にわずかに覗いているセドリックのそれは、たしかに張り詰め、屹立していたのだった。会衆席からは見えないだろうけれど、遅刻して隅に立っているジョエルからは見えてしまった。

血が出るほど尻を鞭打たれて、どうして？　――発情期だから？

ジョエルは呆然とした。

「——ッ、ああっ——」

それと知ったからか、セドリックの声はひどく艶を帯びて感じられてきた。気のせいか……けれど、一際高い悲鳴を漏らし、彼は崩れ落ちる。

「——反省室で謹慎させるように」

ラフェンスベルガー修道院長が命じた。

修道士たちがセドリックを抱えて運び、別の修道士が祭壇の床を片づける。汚していたものは血だけではないように見えた。

「では、夜課をはじめます」

何ごともなかったように、祈りの時間がはじまった。

いつものように祈禱をはじめても、初めて自瀆の懲罰を見たジョエルの動揺は収まらなかった。

もしあれが自分だったら。

そう想像してしまい、恥辱で全身が沸騰しそうになる。

(いやだ……あんなふうに晒されるのは、絶対に)

同室者に自瀆行為を見られるのも、それを告発されて衆人環視のもとで鞭打たれるのも嫌だった。ましてやそのまま極めてしまうなんて、絶対に堪えられない。そして司祭に縋り、詳細な行為まで告解するのも同じくらい堪えがたかった。

けれどももう、ジョエル自身の発情期も近い。

（……なんとか乗り切らないと……）

リリーフィールドに来てからずっと、戒律を守り、神に祈りを捧げて暮らしてきた。定められた抑制効果のある食事を摂り、規律正しく節制して、勉強にも励んだ。

（……大丈夫）

大丈夫なはずだ。たまにこうして処罰される者がいるとしても、そのほかの多くのオメガたちはどうにかなっているのだから。

（大丈夫）

不安を抱えながら、胸元で十字を切る。

そして、ついにジョエルにも発情期がやってきた。

5

（……っ……）

その日は朝から身体が火照ってたまらなかったけれど、夜にはそれがもうどうしようもないほどの熱へと変わっていた。

発情期が来たのだ、と悟らないわけにはいかなかった。

（く……っ）

リリーフィールドに来てからずっと戒律を守って祈りを捧げてきた。食事だって抑制効果があると言われているものを食べているのに、効果は少しも感じられなかった。

下界にいた頃は父が発情抑制剤を手に入れてくれていたけれど、いつも可能だったわけではない。それなしで乗り切ったこともあった。

でも、そのときは必ず……。

（……自分で……）

布団の中で、下腹に手が伸びそうになるのを堪える。その行為は戒律に反している。自分を律して暮らすことを誓ってこのリリーフィールドにやってきたのだ。

それに、セドリックのことを思い出せば恐ろしくてとてもできなかった。

「……ジョエル」

眠っているとばかり思っていたローガンに小さな声で呼びかけられ、ジョエルは飛び上がりそうになった。

「苦しいんでしょう？」

問いかけられ、息が止まりそうになる。隠していたつもりだったのにどうして、いつのまに気づかれていたのだろう。

「いくら隠してもわかるよ。朝から凄く色っぽかったからね」

その言葉に、かあっと全身が熱くなるのを感じた。端から見てわかるほど発情した姿を晒してしまっていたのだ。

いいよ、とローガンは言った。

「誰にも言わないから。僕のときも黙っててくれたし、お互いさまだよ」

「ローガン……」

「ジョエルが味方になってくれるなら、ドロップなんていらないよ。二人でこれからも協力し合えば、発情なんて怖くないだろ？」

その言葉は、強烈な誘惑だった。

（……この誘惑に乗れば）

お互いに秘密を握り合って、いくらでも自瀆行為に耽ることができる。そう思っただけで、きゅんと下腹が疼いた。

（……でも、ローガンが聞いてるところで）

いくら黙っていてくれるとはいえ、人前でそんな行為をするなんて。

ジョエルにはひどく抵抗があった。けれどできないと思う傍から疼きは増していく。

（……したい）

したい、さわりたい。ローガンに聞かれてもかまわないから。

だって黙っていてくれると言っているのに——ローガンだってしていたのに、何を躊躇うことがある？

手が、下へと伸びそうになる。

（したい）

（だめだ）

（きっと凄く気持ちいい）

（戒律を破れば罰を受ける）

（罰が怖いから我慢するのか？　信仰じゃなく？）

（違う、俺は）

「できないなら、僕がしてあげようか？」

（えっ……？）

ローガンが自分の寝床を抜け出す気配がした。そしてジョエルのベッドに膝を乗せてきたかと思うと、毛布を捲りあげた。

「……っ」

寝乱れた寝間着を通して、発情した身体があらわになる。反射的に、ジョエルはベッドから飛び下り、部屋の外へ駆け出した。

行くあてもないまま、ふらふらと彷徨(さまよ)った。

息は上がるばかりで少しも収まらなかった。そろそろ本格的な冬になりつつあるのに、薄い寝間着一枚でも少しも寒さを感じない。それだけ火照っているのだ。

階段を下り、回廊を進めば、聖堂がある。そこへは足を踏み入れたくなかった。

またあんな告解に行き当たってしまったら――思い出しただけでも足が竦(すく)む。なのに、ぞくりと身体が震えた。

（違う）

ジョエルは否定しようとする。

(思い出して興奮してるなんて、そんなこと)

聖堂から逃げるように建物の外に出て、蹲る。寒風に晒されても、昂ぶりは鎮まらなかった。

——ああ……これは罪深いこと
司祭の声が耳に蘇った。

——すっかり発情してしまって。強い信仰と自制心があれば、こうはならないはずですよ
「う……」

——ごめんなさい……

あのときの少年の声が、自分のもののように感じる。じわりと涙が滲んだ。

——こう……握って、……こういうふうに……しました
具体的な行為を語る言葉を振り払おうと、ジョエルは何度も頭を振ったけれども。

——……握って、擦りました……んっ……い……いけないことだと……でも、き、気持ちよくて、……凄く……あっ……

自分もそうしたい欲望が溢れてくるばかりだった。欲望を抑えようと自分を抱き締めても、少し布が擦れるだけでたまらない性感が突き抜ける。

「んっ……」

性器ばかりでなく、乳首さえ痺れるように気持ちがよかった。

(ち……乳首だけなら)

ジョエルの脳裏に誘惑が過る。

少しさわるだけなら赦されるのではないだろうか。性器にふれなければ自瀆とは言えないのではないか。

見下ろせば、布の下でジョエルの乳首ははっきりとかたちをあらわにしていた。そのいやらしさにかっと羞恥が突き上げる。

(こ、こんな……)

ふれてもいない――我慢しているはずなのに、尖ってしまって。

(隠さないと。そう……潰して、隠してしまわないと)

こんな淫らなものは。

自分が何を考えているのか、もうよくわからなかった。わからないまま指を伸ばす。両側の乳首をぎゅっと押さえつける。

「あッ……!」

思いのほか大きな声が出てしまったけれど、やめられなかった。

(潰れない、どうして?)

（もっと潰さないと、もっと）

「ん、……っふ、……っあ、だめ、……っ」

潰れるどころか、そこはさらに硬さを増すばかりだった。いつのまにかジョエルは、潰すばかりでなく、指先でころころと転がしてしまっていた。

「ん、あ、ぅあ……っ」

乳首をさわっているだけのはずなのに、下腹にまでびりびりと響いた。疼いてたまらなくて、思わず手を伸ばそうとする。

そのときになってようやくジョエルは、自身のものが激しく屹立し、寝間着に染みさえつくっていることに気づいた。

（あ……俺）

潰すだけ、なんかではなかった。いつのまにか――否、最初から、ジョエルは自瀆行為に耽っていたのだ。

――戒律を破った者には、罰を

セドリックを打擲したときのガブリエルの言葉が、ジョエルの脳裏で鳴り響いた。

（罰を……）

受けたほうがましだ、と思った。こんなにも身体を持て余すくらいなら、鞭で打たれたほうが。

けれども、セドリックは鞭打たれてさえ身体を鎮めることはできていなかったのだ。

(彼は、皆の見ている前で、鞭打たれながら……)

射精に至った。

あれほどの辱めはない、と思う。なのに、今のジョエルは彼を羨ましくさえ思ってしまいそうだった。

(……だめだ、このままじゃ……)

欲望に負けてしまう。——いや、すでにほとんど負けているのかもしれないけれど。

ジョエルはふらつきながら立ち上がった。

「んっ……」

寝間着が擦れ、喘(あえ)ぐような吐息が漏れてしまう。

(どうにかなりそうだ……もう、どうしたら)

告解する?

(それだけは嫌だ)

——おまえは絶対、告解しようなんて考えるなよ
レスターもそう言っていた。

(……レスター……)

彼のことを思い出すと、さらに身体がかっと熱くなった。ちらちらと雪まで舞うほどの

寒さだというのに、身体の芯が火照ってたまらない。

（……どうして）

じわりと涙ぐみながら、ジョエルはできるだけ人のいないほうへ、半ば無意識に歩き続けた。

そしてふと気がついたときには、湖の畔までたどり着いていた。

（あ……）

そういえば修道院の裏山に、小さな湖があったことをジョエルは思い出す。いつのまにかそんなところまで来ていたのだ。

月明かりが水面に反射して、とても綺麗だ。

（ここで、身体を冷やせば）

浄化され、熱を鎮めることができるかもしれない。

ジョエルは縋るように湖に近づき、足を踏み入れた。水は冷たかったが、そのまま歩みを進める。腰まで、やがて肩まで。

（……冷たい）

手足が痛くなるほど水は冷たかった。それを感じられるくらいには、身体の昂ぶりは鎮まったけれども、わずかに冷静になったぶん、なおさら情けなさは募った。こんなことまでしないと堪えられないなんて。

（もう、いっそ凍死してしまえば）

そうしたらこの忌まわしい身体とも離れることができる。

考えてみれば、オメガだとわかってからずっと何もいいことなどなかった。父に負担をかけ、義母には蔑まれ、いつも後ろめたさを抱いて生きてきた。学校も退学せざるを得なかった。もっと勉強したかった。成績だってよかった。やっと家庭教師の職を見つけても、オメガであることが問題を引き起こす。

オメガでなければずっと学校にいられたのに。

（そして大学に行って……）

ジョエルは小さく首を振り、瞼に浮かんだレスターの面影を振り払った。今は思い出したくなかった。思い出したらますます火照って、――彼を汚してしまうかもしれない。

（リリーフィールドで教師になって、ちゃんとやり直すつもりだったのに）

なのに、こんな。

「ジョエル……⁉」

そのとき耳を打った声に、ジョエルははっと顔を上げた。

（レスター……⁉）

空耳かと思った。けれど振り向けば、彼が水を搔（か）き分け、こちらへ向かってくるところだった。ジョエルは反射的に逃げようとしたが、思いのほか悴（かじか）んだ身体は動いてはくれなかった。

「何やってるんだよ、おまえ……！」

「来るな……!!」

レスターはジョエルの拒絶にまったく耳を貸さなかった。大股で近づき、ジョエルの腕を摑んで引き寄せる。

その瞬間、ふと彼の表情が変わった。

発情に気づかれたのだと察し、胸が潰れそうになった。羞恥と絶望で、意識さえ遠のく。

「放せ……っ」

ジョエルはなけなしの力で暴れたが、たいした抵抗にはならなかった。レスターの胸に抱き上げられる。

（あ……）

密着すると、湖の中でも彼の身体はひどく温かかった。そうしているだけで、一度は鎮まりかけた熱が急激にぶり返してきて、ジョエルは泣きたくなった。しかもたまらなくいい匂いがする。

その匂いに引き寄せられるように、気がつけばジョエルは彼の首にぎゅっと腕をまわしていた。

ジョエルを抱きかかえるレスターの腕は、しっかりと力強かった。ジョエルはそのまま、彼の滞在しているゲストハウスへと連れていかれた。

運び入れられたのは、前回とは違う、大きなベッドのある部屋だった。レスターの寝室だ。彼の匂いがいっそう濃く感じられて、ジョエルは眩暈を覚える。

レスターはジョエルをベッドに抱き下ろそうとしたが、ジョエルは半ば無意識に、彼の首にまわした腕に力を込めていた。少しの隙間もつくりたくなかった。

「……火を焚かないと」

ジョエルもそうだが、レスターもびしょ濡れになっていた。脱がなければ風邪を引く。レスターの言うことはもっともだとわかるのに、離れられない。

「ちょっと放せって……」

レスターの声が少し苛立って聞こえて、ジョエルははっとした。

「そんなふうにされたら、――」

（……こんなことをしたら）

――俺たちが襲ったんじゃない、そいつが誘ってきたんだ

メイソンに投げつけられた言葉が耳に蘇る。

——男なら誰だっていいんだよ、オメガなんだからな……！

(レスターにまた誤解される……！)

「違うんだ……！」

ジョエルは激しく首を振った。

「違う、あいつにはしてない。おまえだけ、おまえだから……！」

レスターを見上げ、必死に叫ぶ。悲鳴のような声に、レスターが息を呑んだ。

「……ジョエル……」

彼の視線を避けるように、ジョエルはまた彼の胸に深く顔を埋めた。縋ったと言っても
よかったかもしれない。

(放さないで)

ジョエルの脳裏に、白百合の中のラフェンスベルガー修道院長の姿が過り、イーサンと
ブライアンの科白が蘇る。

——遊び相手にするにはちょうどいいのかもな
(遊びでもいい)

誰のことが好きでも、それでも。

レスターが小さく舌打ちする。かと思うと、ベッドに押し倒され、唇を塞がれた。

「ん……っ」

口づけられると、なんだか泣きたいような、たまらない気持ちになった。促すように唇を舐められ、少し開くと、舌が入ってきた。初めてで、応えかたなどまるでわからないまま、ただ必死で蹂躙についていこうとする。

貪るようなキスのあと、濡れて張りついた寝間着を剝ぎ取られた。裸を見られるのは、たまらなく恥ずかしかった。それでも両手を上げて、脱ぐのを手伝う。

レスターも服を脱ぎ捨てた。服の上からではわからない、しっかりと筋肉のついた彼の裸体を見てしまい、鼓動が跳ね上がった。

目が合って、思わず逸らす。浅ましい劣情を見透かされるようで。

「あ……っ」

隠すように立てた膝を摑んで開かれ、声が漏れた。

「や、見るな……っ」

「どうして」

そう聞かれても答えられない。

「おまえ、学校にいた頃も、いつもきっちり首まで釦、留めてただろう。……あの中身はどんなだろうって、ずっと想像してたんだ」

「……なんだよ、それ」

「なんかあんまり清廉潔白そうにしてると、暴きたくなる」

「……悪趣味だ」

自分のオメガ性が嫌で、できるだけきちんと規律正しく生きていたかったのだ。そのための鎧のようなものだった。

なのにその下を、何食わぬ顔でレスターが想像していたなんて、俄には信じられない。状況に合わせた、ただの戯れ言かもしれないと思う。けれども濃厚な視線を連想させるその言葉に、ぞくりと戦慄してしまう。

彼の瞳は、発情しきった自分の身体に向けられている。乳首も性器も赤く膨らんだ淫らな姿を見つめられている。そう思うと、羞恥に焼き切れそうだった。なのに昂ぶりは増していくばかりだ。

それどころか、自慰のときはあまり意識することのなかった後孔までが疼きだしていた。なかば無意識にそこを引き絞る。濡れた感触を感じて、ますますいたたまれなくなった。

「おまえの身体が、こんなにいやらしいと思わなかった」

「……がっかりしただろ」

「凄く綺麗だって言ってるんだよ」

再びキスが降ってくる。それは唇から首筋へ、そして乳首へと伝っていった。

「んあぁっ――」

咥えられると、一際大きな声が漏れた。

「ここ、そんなに感じるのか」

「……っ……」

答えられずに目を伏せると、レスターはそこを続けて嬲ってきた。舌先で転がし、もう片方は指で押し潰す。

「あ、あ、あっ、だめ、あっ――」

「だめ？」

「ど……どうにかなる……ッ、やめ、……っ」

レスターは喉で笑うばかりでやめてくれようとはしない。先刻自分で弄ってしまったときも我を忘れるくらい気持ちがよかったけれど、それとはくらべものにならないくらいの快感だった。性器まで痛いほど反応してじっとしていられず、無意識に彼の下腹に押しつける。

「んぁっ、あぁっ、やだ、あ、……っこれ、気持ちい……っ」

（止まらない）

そんないやらしい真似はしたくないのに。

腰をくねらせるうち、肌と感触の違う、熱いものにふれた。それがとても気持ちよくて、押しつけるばかりか擦りつけてしまう。

（だめだ、こんな）

すぐそこまできた絶頂を堪えようとするけれども。

「……っく、あぁぁ……ッ」

乳首を噛まれた瞬間、ジョエルは性器をレスターのそれに擦りつけて達していた。

「はぁ……あぁ……」

我慢に我慢を重ねた射精は長く続いた。ジョエルは喘ぎながら、最後まで快感を味わう。

そしてやっと落ち着いて視線を落とせば、レスターのものまで白濁まみれに汚していたのだった。その光景のいやらしさに、思わず目を逸らす。

「ご……ごめん……っ」

「何が」

「だってこんな」

「滅茶苦茶(めちゃくちゃ)興奮するって言ったら」

「変態……っ」

「ぶっかけた本人には言われたくないけどな」

返す言葉もないジョエルに、レスターは笑った。そして下へと手を伸ばし、ジョエルのそれにふれた。

「あっ……」

「……ここはあとでたっぷり可愛がるから、――挿(い)れてもいいか？」

「可愛がる、って」

その表現に、笑ってしまいそうになる。

「どろどろになるまで気持ちよくさせてやるよ。——でも今、我慢できない」

レスターが、それほど自分に対して欲望を覚えている。そう思うと少し可笑しくて、不思議と嬉しくなった。

「ぁ、あぁァ……っ」

後ろの窄（すぼ）まりを軽く撫でられただけで声が漏れた。彼はそのまま指を挿入させてきた。

はじめて他人の指を挿れられた刺激は、たまらなく強烈だった。わずかに内壁を擦られただけでも、信じられないような快感が走る。

レスターは中をぐちゅぐちゅと掻き回してくる。ひどく濡れているのが自分でもわかってしまう。

「あ、ん、あぁっ——」

「凄い……吸いついてくる。……狭いけど、もう」

「ん……っ、や」

指を抜かれ、抗議するような声が漏れてしまう。脚を抱えられ、ふと下を見れば、信じられないような大きさのものが天を突いていた。先刻はあまりの状態にすぐ目を逸らしたから、じっくり見るのは今が初めてのようなものだった。

「それ、……」

大きさについ逃げ腰になるのを、上に乗り上げて捕まえられた。

「逃がすわけないだろ」

「だってそれ――」

「ゆっくりするから。……なるべくな」

なるべく、という言葉に引っかかるうちにも、後孔にあてがわれる。先端が潜り込んできた。

「ん、……っ、あぁぁっ――」

「……痛い?」

問いかけられ、頷く。でもそれ以上に――気持ちがいい。痛くて苦しいのに。

(……熱くて)

それがたまらなかった。中の熱を、きゅうきゅうと締めつける。

レスターの動きが堰(せき)を切ったように激しくなった。

「あ、あっ、あぁっ……っ」

何度も突き込み、引いては奥までねじ込んでくる。最初の痛みはすぐに薄れ、指でされたときよりさらに激しい快感に変わっていった。

「あああ……ッ」

（こんな、獣みたいな声）

出したくないのに、我慢できない。

「あぁっ、だめ、あぁぁ……っ」

「何？　これ、だめ？」

「あぁっ――」

いつのまにか無意識に彼の背にしがみつき、爪を立てていた。そうでもしないと濁流に流されてしまいそうで。

「……っ、ん、あぁ、あ、はあっ……」

ジョエルは何度も首を振った。

「だめ、……あ、……っい、いく」

「ああ、俺も」

（だめ）

身体の奥の奥で、レスターの熱が弾ける。その激しい脈動を感じながら、ジョエルも同時に達していた。

注ぎ込まれる快楽に、孕む――と、思った。

（ああ、でもベータなんだっけ……）

ベータはオメガのフェロモンに反応はしても、身籠もらせることはできない。ほっとしたのと同時に、微かに失望が過ったのはなんなのだろう。

レスターが深く息を吐き、身体の上に突っ伏してきた。

その重みと体温がひどく心地よくて、このままずっと、死ぬまでこうしていたいとさえジョエルは思う。

どれくらいじっとしていただろう。レスターが顔をあげて覗き込んできた。

「……大丈夫か？」

「……うん」

「どこも痛くないか」

ジョエルは頷いた。

（……それどころか）

「気持ちよかった？」

「う……」

軽くふざけた調子で問われたが、ジョエルは答えられない。

（こんなに、気持ちいいと思わなかった）

世界観が変わってしまいそうなくらいに。

恥ずかしさに背けてしまった首筋に、彼は口づけてくる。

「ん、……？」

強く吸われ、てのひらが胸に下りてくると再びぞくぞくしてきて、ジョエルは戸惑った。

「ちょっ、……」

お互い達して、終わったのではなかったのか。

「どろどろにしてやるって言っただろ」

「え」

本気だったのか。

「い、いい、もう十分……」

「おまえの中も、抜かれたくないと言っている」

「……っ言ってない……！」

「そうか？」

「あっ――」

レスターが軽く抜こうとする。その感触を感じると、ジョエルの内襞（うちひだ）は勝手にそれに絡みつき、引きずり込もうとするのだ。

「ほらな」

「馬鹿……っ」

思わず手が出るのを躱し、レスターは笑った。ジョエルの中に深く挿れたままのものは、再び硬度を取り戻しはじめていた。

一瞬だけ、眠りに落ちていたようだった。

背中に感じる温もりが心地よくて、薄く開けた瞼を再び閉じようとした瞬間、壁に設えられた祭壇が目に飛び込んできた。もともとゲストハウスの各部屋に据えつけてあるものだ。それを見た瞬間、ジョエルの意識ははっと覚醒する。

(……戒律を破った)

ようやくそのことに思い至った。

夢中になって、何もかも頭から吹っ飛んでしまっていたけれども。

(……しかも一回じゃなく何回も)

何回交合したか、覚えていない。

敬虔な信徒というほどではなかったかもしれないが、修道院に入った以上、戒律を守って清く正しく暮らす覚悟でいたのに。

祭壇の十字架に咎められているような気がした。

「……起きたのか」

レスターが後ろから囁いてきた。ジョエルは彼に抱き締められるようにして眠っていたのだった。頭の下にあるのは、彼の腕枕だ。

「あ……」

身を起こそうとすると、強く抱え込まれて制された。

「時間ならまだある」

懐中時計をジョエルの目の前に翳してくる。たしかに夜課まではもう少し余裕があって
ほっとした。とは言っても同室にはローガンがいる。彼が早く目を覚ましてしまう可能性
もあるのだけれど。

暖炉にはいつのまにか火が入っていて、その炎だけが室内を照らしている。ジョエルの
着ていた寝間着は、暖炉の前に置かれた椅子にかけてあった。レスターが彼の服より優先
して干しておいてくれたらしい。

「あの……ありがとう」

「うん？　何が？」

「……服、干してくれて。……あと、いろいろ……」

発情した身体を抱いてくれて――とは、さすがに口にできなかった。

「……巻き込んでごめん」

髪に彼の手がふれ、そっと撫でた。

「……なんで湖なんかにいたんだよ」

「……」

「死ぬつもりだったのか？」

「え」

ただ身体を鎮めようとしただけだった。けれど、いつのまにか死の衝動に駆られていたことを、ジョエルは否定することができない。レスターが来なかったら、あのまま凍死していたかもしれなかったのだ。そしてジョエルは、それでもいいような気持ちになっていた。

「なんでだよ、死ぬなんて……！　ここで教師になるって言ってただろ」

「は……」

なんだか笑ってしまいそうになる。あんなに激しい発情を経験してしまったあとでは。

「そんなの、なれるかどうか」

「なれるって、俺に勝ったやつが何言ってるんだよ」

「一回だけな」

「一回でも俺に勝つなんて、生涯の自慢だろ」

「馬鹿」

ジョエルは軽く吹き出してしまう。

「でもオメガだからな。オメガに生まれるってことがどういうことだか、おまえにはわからないと思うけど」

　自分の前途が真っ暗なことを、オメガのせいにしたくない。不利なことはたしかでも、ちゃんと自制して暮らしているオメガもいるのだ。なのに、どうしても自分の性を恨めしく思わずにはいられない。

「ここでなら、オメガでも教師になれるんだろう?」

「……でも戒律も破ってしまったからな」

「そんなの、黙ってりゃ誰にもわからない」

「そういう問題じゃないだろ……!」

　軽い言いかたに、ジョエルはレスターに向き直った。

「戒律っていうのは、破ってもばれなきゃいいとかそういうものじゃないだろ。それに、まだ発情期は続くし、終わってもまた三ヶ月もすれば」

　発情してしまう。果てしなさに眩暈がする。

「性欲があるのは当たり前のことだろ」

　レスターは言った。

「オメガでも、そうでなくても。人はそういうふうにできてるんだからな。無理に禁欲させようとするほうが間違ってるんだ」

　レスターの言うことは正論だ。たしかに欲望は誰にでもあるだろう。

「でも違う……！」

オメガと、他の性別とでは、全然違う。

「おまえにはわからない。おまえには、発情期なんかないんだからな……！」

今は人心地ついているけれども、先刻の辛さは思い出しただけでおかしくなりそうなくらいだった。あの懊悩は、これからも何度でもジョエルを苦しめるのだ。

「……まあ、わからないかもしれないけどな」

伏せた頭の上に、レスターの声が降ってくる。

「でも俺がいるだろ。発情期のたびに俺とすればいい」

「……っ」

ジョエルは思わず顔をあげた。

（発情期のたびに、おまえと？）

なぜだかじわりと涙が滲みそうになった。

彼の言葉が嬉しい。けれどもレスターだっていつまでもリリーフィールドにいるわけではない。つがいになれるわけでもない。ジョエルが一人で生きていかなければならないことは変えられない。

一瞬にしてさまざまな思いが脳裏を過り、ジョエルは首を振った。

「どうしてだよ、戒律がそんなに大事かよ？」

「あ……当たり前だ……っ」

「石頭だな」

レスターはため息をついた。

「そもそも戒律って何なんだよ？　自慰はだめ、抱かれるのもだめ、だったら、他人にしてもらうのは？」

「えっ？」

「戒律には書いてないだろ？　だったらいいんじゃねえの？」

（え？　え??）

悪い顔でレスターは笑う。悪いのに、なぜかとても艶めいて魅力的で、つい引きずられてしまいそうになるけれども。

「だ……駄目に決まってるだろ……！　書いてなくても！」

「じゃあ、こう言ったら？」

レスターは目を細める。

「明日の夜も来なかったら、今日やったこと、ばらす」

「な……っ」

彼がそんな脅しをかけてくるとは夢にも思わず、ジョエルは絶句した。本気で言っているのか？　なんのために？

「——おっと、予鈴だな」

夜課の鐘が鳴ったのは、ちょうどそのときだった。

ジョエルははっと身を起こし、ベッドから下りようとした。どちらかといえば、考えることからの逃避だったのかもしれない。

けれども足を床につけて立とうとした瞬間、崩れ落ちる。

「どうした?」

「な……なんでもない」

「もしかして腰が立たないのか? 手、貸してやろうか?」

揶揄ってくるレスターをきっと睨む。

「立てる……!」

本当は、腰にまったく力が入らなかった。それだけ何度も、彼の逞しいものを受け入れたのだと、うっすら脳裏に蘇りそうになる。そんな記憶を振り払い、椅子に摑まって、どうにかジョエルは立ち上がった。

概ね乾いた寝間着を被り、よろよろとレスターの部屋を出る。

「また今夜な」

その背中にレスターは声を投げてきた。

6

どうにか夜課には間に合った。

ローガンとはなんとなく気まずいまま、いつもと同じ一日を過ごした。祈って、勉強して、菜園の仕事をした。

発情も、まったく平気というわけではないけれど、昨日よりはだいぶましになっていた。

(やっぱり昨夜の……あれのおかげなのか)

また昂ぶってしまいそうで、なるべく思い出さないようにしているけれども。

(レスターには感謝しないと……だよな)

——違う、あいつにはしてない。おまえだけ、おまえだから……!

彼を求めた自分の科白を思い出すと、顔から火が出そうになる。今さらとはいえ四年前のことを、メイソンたちを誘惑などしていないことを言えたのはよかったけれども。

ジョエルの必死さに、レスターは応えてくれた。決して彼が望んでした行為ではなかっただろう。同情か、オメガのフェロモンに反応したのかはよくわからないけれど。

（しかも、今夜も来いって）

——明日の夜も来なかったら、今日やったこと、ばらす

脅してまで呼び寄せようとするのはなんなのだろう。

（けっこう、き……気持ちよかったからとか？）

ジョエルも腰が抜けたようになっているが、レスターだって何度も射精していたし——

ジョエルの中に、何度も。

思い出して、小さく首を振る。

（普通に考えたら、放っておいたら俺がまた入水するとでも思ってるからかも。……だから、俺が行きやすくなるように、わざと）

不埒に見えても、レスターにはそういうやさしいところがあるのだ。

でも、あれは本当は死のうとしたわけではない。その誤解だけは解いておくべきだろう。

（そう——誤解を解きにいかないと）

と、ジョエルは思った。

そのために行ったはずだったのに、そんなことはそっちのけで、気がつけばベッドの中

にいた。

「あぁ……はぁ……っ」

レスターの手で一度達して、乱れた息を整えようとする。熱はまだ収まらず、ジョエルのものは緩く勃ちかけたままだった。

その裏側に、レスターは自分のものをぴったりと押し当ててきた。

「え、ちょっ……」

何度見ても信じられないような大きさのものが、天を突いていた。目にした瞬間、なぜだか心臓が跳ね上がる。耳にあるかのような爆音で鼓動を打ちはじめる。

レスターはジョエルの手を取り、二人のものを一緒に握らせた。そして上から重ねて握り込んでくる。

「……っ……」

凄い質量と熱。つられるように、ジョエルのものも芯を持つ。

「……俺のもいかせて」

「……って……、どうやって……」

「自分でするときみたいにすればいいんだよ」

「……そんなの」

「え、しないのかよ、まさか？」

「……戒律だからな」

「したことない？」

と聞かれて、ジョエルは詰まる。

「嘘をつくべからず——ってのも、戒律のはずだよな？」

答えることができないジョエルに、レスターは吹き出した。

「いつも取り澄ました顔してるやつにえろいこと言わせるのって、興奮するな」

「何も言ってないだろ……！」

「でも身体は正直だよな」

軽く腰を揺すり上げる。手の中で、レスターのものがジョエルの裏側を擦り上げた。

「あっ……」

それはいつのまにか先刻よりもさらに熱を増していた。淫らな話に反応したのだとは思いたくないけれども。

レスターは指で刺激をあたえながら、自身をジョエルのものに密着させてくる。ジョエルは握っているだけで精一杯だったが、ただ性器を擦りあわせるというそれだけの行為なのに、たまらない快感を覚えていた。

「これ好きなんだろ、昨日自分でやってたじゃん」

「や、やってない……っ」

「やっただろ。自分で俺のに擦りつけてイった」

囁かれ、思い出すとかっと身体が熱くなった。恥ずかしいことを思い出させるレスターの胸を半ば無意識に叩いたが、なんのダメージにもならなかったようだ。

「ん、あ、あ、は……っ」

自制しようとしても、つい夢中になって腰をせり上げてしまう。自らレスターのものに押し当て、摩擦するのをやめられない。どんなに淫らで背徳的なことか、いけないと思えば思うほど、抑えが効かなくなる。

いつのまにかジョエルは先走りを大量に零していた。恥ずかしいのに、ぬるぬるとしたいやらしい感触は、ジョエルの性感をさらに高めてしまう。

「あ、だめだ、また……っ」

「うん、俺も」

ぎゅっと握り込む力が強くなり、にもかかわらずレスターの動きは速さを増す。

「あっ——」

彼の放ったものが、ジョエルの性器と下腹を汚した瞬間、ジョエルもまた白濁を放っていた。二人の放ったものが、ジョエルの腹で混じり合う。噎せ返るような匂いに、くらくらと眩暈を覚えた。

「……まだ収まらねーな」

レスターはジョエルを抱き締めながら、吐息とともに呟いた。

「……おまえ、ほんといい匂いがする。これがフェロモンってやつなのか？」

「それを言うならおまえだって……」

レスターからもいい匂いがする。ベータのはずなのにどうしてなのかと思う。

「挿れたらだめか？」

「だ……だめに決まってるだろ……！」

一瞬、答えを躊躇ってしまった。

（だめに決まってる）

考えるまでもないはずなのに。

レスターは小さく舌打ちすると、ジョエルの身体をどさりとうつ伏せに返した。

四つん這いで、腰を高く掲げさせられる。晒された後孔に視線を感じて、きゅんと収縮させてしまう。

「え、何……っ」

もしかしてこのまま犯されるのだろうか。

（だめだ）

それははっきりと再び戒律を破ることになる。夢中で理性を失っていた昨夜に続けて、また。そもそも、さわるだけなら情交ではないから戒律違反ではない——というのが詭弁なのだが、その詭弁に縋っているところがまだジョエルにはあったのだ。

(しかもこんな格好で……っ)

教義では、婚姻関係にあってさえ、正常位しかゆるされてはいないのに。

けれども、意思に反して挿入されてしまうものなら、仕方がないのではないか。むしろそうしてくれたら――。

そう思ったら、下腹の奥の奥がずきんとした。

(何を考えてるんだ……!)

「……凄い濡れてるな」

「あっ……」

「これ、欲しくはないか?」

狭間(はざま)に擦りつけてくる。それは今射精したばかりにもかかわらず、またすでに硬くなっていた。先刻目に焼きついた雄々しい姿が瞼に蘇る。あの屹立が、自分の蕾(つぼみ)に押しつけられているのだ。

「ここの――」

下腹部にふれられ、軽く押さえられると、それだけで軽くいきそうなほど感じた。

「奥まで挿入(はい)ったら凄く気持ちいいと思わねえ?」

「ん……っ」

ジョエルは首を振った。

「だめ、それはだめ……」

うわごとのように言いながら、腰をうねらせてしまう。どうしても堪えることができない。そのたびにぐちゅりといやらしい音が響いて、自分がどれほど興奮しているのか思い知らされた。彼に挿れてもらう準備を、身体が勝手にしているのだ。

「挿れてって言えよ」

ジョエルはまた首を振る。

「言えって！」

命令に従ってしまいそうな唇を、ジョエルは強く噛んだ。

「ほんと強情だよな……！」

レスターは軽くジョエルの尻を叩く。そんなことまでが快感になった。

「――しっかり脚、閉じてろよ」

彼はそう言うと、ジョエルの腰を両側からしっかりと掴み、両脚の狭間に自身をねじ込んできた。

「あ……っ？」

レスターのものはジョエルの太腿(ふともも)に挟み込まれ、性器の下にぴったりとくっついている。

彼は再びそれを一緒に握り込むと、自身を抜き差ししはじめた。

「これ、は、あ、あぁ……あぁっ……」

「嵌めなきゃいいんだろ？」

よくわからなかった。それ以上に頭が回らなかった。

ただ激しく揺さぶられ、脚のあいだで抜き差しされるたび、先刻とは違う方向で陰茎が擦れあうのがたまらなく気持ちがよかった。

（ああ……なんかこれ、本当にしてるみたいな……）

そう思うとまた下腹の奥が痛いくらい疼く。

「ん、あっ、あっ……」

肘を立てていられなくなり、ずるずると突っ伏してしまう。ジョエルはシーツを握り締め、顔を押しつけて、漏れてしまう獣のような声をできるだけ殺そうとした。

レスターの息も荒くなっている。彼はもう軽口を叩こうとはしなくなっていた。ただジョエルの腰を掴み、激しく打ちつけてくるばかりだった。

「――っ……」

やがて彼が呻きを漏らす。

二人は同時に達していた。

結局、その日から毎晩、ジョエルはローガンが寝入った頃を見計らってそっと自室を抜け出し、レスターのゲストハウスに通うようになっていた。

彼と身体を絡めたり、他愛のないことを話したりしていると、夜課まであっというまだった。

危ない橋を渡っている自覚はあった。

（……でも、発情期が終わるまでのことだし）

正直、助かっていることは否定できなかった。レスターとの行為のおかげで、どうにか発情期をやり過ごすことができているのだ。

狡(ずる)いことをしている。

（……でも、今回だけのことだから）

絵を描きに来ているだけのレスターは、次の発情までには自分の家に帰ってしまうだろう。それまでのこと。

そう思うと目の前が暗く霞むけれども、考えてもどうしようもないことだった。

（——あ……）

講義のあと、部屋へ戻る回廊の途中で、ジョエルはふと足を止めた。

（雪）

窓に近寄り、舞い落ちる風花を眺める。

(そういえば、あの日も雪が降っていたっけ……)

発情を抑えたくて、湖に身を沈めた日。夢中だったとはいえ、よくあんなことができたものだと思う。レスターに自殺しようとしたと誤解されても不思議はなかった。

(死んでもいい、ような気がしていたのも本当だけど)

彼に抱きあげられ、部屋に運ばれたときの温もりも同時に思い出して、我知らず頬が熱くなる。

そのときふと、ジョエルは気づいた。

(ゲストハウスだ)

だいぶ距離はあるけれども、集会室の二階廊下からだとゲストハウスが見えることを、ジョエルは初めて知った。これまであまり廊下から外を見ることもなかったから、気づかなかった。

レスターの姿を探して、つい目を凝らしてしまう。

その視界の中に、別の人物が映り込んできた。

(あれは……ガブリエル修練長……!?)

ジョエルは瞠目した。

レスターが扉を開けて、ガブリエルを室内に導く。二人は建物の中へと消えていった。

(どうしてガブリエル修練長が?)

思い出すのは、百合園でレスターがラフェンスベルガー修道院長を描いていた光景だ。あれからレスターの部屋に通うようになったけれども、あのときのことは話題にも出なかったから忘れていた。というか、忘れたことにして考えないようにしていたのだ。

百合園で二人は楽しげに喋っていて、レスターが修道院長を口説いているようにも見えた。まさか修道士を口説くなんてありえない、誤解だと思い込もうとしていたけれど。

(あのときはラフェンスベルガー修道院長で、今度はガブリエル修練長……?)

まさかイーサンたちが揶揄していたように、手当たり次第にオメガを弄(もてあそ)んでいるのだろうか。

——ベータじゃオメガの男は孕まないから、遊び相手にするにはちょうどいいのかもな
(いや、まさか)

それとも修道院長からガブリエルに乗り換えたのだろうか。

(じゃあ、俺のことは……?)

胸がむかついて、ぞわっと鳥肌が立つような思いがした。今まで一度も覚えたことのない気持ちだった。

(なんだ、これ)

このどす黒いものが渦巻くような感覚はなんなのだろう。二人のことが気になって、自

分を抑えることができない。

　気がつけば、ジョエルはゲストハウスへと向かっていた。

（この前といい今日といい、何をやってるんだ、俺は）

　途中で何度もそう思ったけれど、引き返すことはできなかった。

　中へ入る勇気はなく、かわりに窓から中を覗いてみる。

（……っ……）

　ジョエルは息を吞んだ。

　レスターは百合園のときと同じように、キャンバスを立ててガブリエルを描いていた。

　こちらに背を向けているガブリエルの表情は見えないが、レスターは彼に美しい笑顔を向けている。

（……どうして？）

　ジョエルは胸に針を刺されたような痛みを覚え、修道服をぎゅっと握り締めた。なんだか裏切られたような気持ちだった。

　逃げるように部屋へ帰り、ベッドへ潜り込む。

（……俺のことは描かないのに、ガブリエル修練長や修道院長のことは）

　二人ともジョエルの目から見ても美しいし、いつ発情期が来ているのかわからないほどいつも凛としている。絵を描きにリリーフィールドに来たレスターが、彼らを描きたいとるのに。

それに比べて、自分が描かれるにふさわしい美しさを持ち合わせているとは思えなかった。ずいぶん醜態も晒したし、彼が自分のことを描こうとしないのは当然のことだとわかるのに。

思っても何も不思議はない。

ひどく苦しい。

(俺とあんなことをしておきながら……!)

そのあいだもずっとこうして彼らのことを描き続けてきたのか。いや、そもそも描くだけなのだろうか。ジョエルとしたようなことを、他の誰かともしているのではないか……。

レスターにはただ発情期の身体を慰めてもらっているだけで、特別な関係ではない。文句を言える筋合いなどない。なのにどうしても責めてしまう。

(馬鹿、馬鹿……っ、裏切り者……!)

何度も心の中で詰った。ますます胸が苦しくて、涙が零れた。

ローガンが部屋に帰ってきたのは、ちょうどそんなときだった。

「……ジョエル……?」

彼はベッドに潜り込んだままのジョエルに声をかけてくる。発情のせいだと思ってくればいいのに、同じオメガだとそうではないのはわかってしまうようだった。

「何かあった?」

「……別に何も」

「泣いてるの？」

ジョエルは首を振ったが、ローガンはごまかされてくれない。彼はシーツの上からジョエルの頭をそっと撫でた。

「レスターのこと？」

問いかけられ、びくりと反応してしまう。

「最近よくガブリエル修練長と一緒にいるもんね……」

「う……」

またしゃくりあげてしまう。

「……あの男のことが好きなんだ？」

ローガンにまっすぐに指摘され、ジョエルは嘘をつけなかった。四年前に生まれていた淡い気持ちは、今はすっかり強い恋心へと育ってしまっていた。こんなにも苦しいのは、彼のことが好きだからなのだろう。

ローガンは小さくため息をついた。

「……って言ってもさ、すぐにいなくなる旅人じゃんか。ベータじゃつがいにもなれないしさ。……忘れるしかないよ」

「……」

「オメガを弄ぶ悪いやつなんか忘れて、ここで僕と穏やかに暮らそうよ」

レスターはオメガを弄んでいるわけではない——と思いたい。けれどもガブリエルや修道院長のことを本気で好きなのだとも信じたくなかった。

どちらにしても、レスターのことは忘れて、再会する前と同じようにリリーフィールドの生活を送るのが正解には違いなかった。

「……そうだな」

と、ジョエルは小さく呟いた。


「ジョエル」

どこかぼんやりとしたまま一日を終え、ローガンと一緒に晩餐へ向かっていたときだった。ガブリエルに呼び止められた。

ジョエルはつい身構えてしまう。自分の顔が強ばるのがわかった。

「おめでとう」

けれどもガブリエルは、いつもは感情に乏しい顔に、めずらしく笑みを浮かべている。

「え?」

「新年の『合同ミサ』の接待役に、あなたが選ばれました」

「おめでとう、ジョエル……！」

ジョエルがぴんと来るより先に、ローガンが声をあげた。

(合同ミサ……そういえばそういうのがあるんだった)

だいたい月に一度程度、同じ会派に所属する修道院の修道士たちが集まり、合同でミサをあげるのだ。

ジョエルはその程度のことしか知らなかったが、ガブリエルが説明してくれた。

合同ミサの主催は会派の修道会長で、招待されるのはそれぞれの修道院から選ばれた司祭と、その補佐数名だ。

ジョエルは司祭の資格を持っていないが、補佐として選ばれたということだった。ミサの主役は司祭たちだから、補佐役は彼らの雑用やもてなしを担当する。

「名誉なことですよ」

と、ガブリエルは言った。そういえば、ローガンも以前そんなことを言っていた、と思い出す。

「あーあ、僕もいい加減、選ばれてみたいけどな」

「近いうちにあなたの番も来るでしょう」

「本当ですか⁉」

「ええ、きっと」

とガブリエルは微笑う。

「やった！　帰ってきたらどんなだったか教えてよね、ジョエル！」

「あ、ああ……」

「気が早いですよ。ミサはもう少し先ですから」

一番寒い時期は、開催を休むのだという。新年の合同ミサは二月以上先になる。

「あの……」

ジョエルはまだよく理解できないまま、気になっていたことをガブリエルに聞いてみた。

「入ったばかりの俺がなぜ……？」

「私が選んだわけではないのでわかりませんが、真面目に日課を果たして勉強しているところが認められたのでしょう」

そうなのだろうか。

努力を認められたのだとしたら嬉しい。……同時に、後ろめたい。たしかに祈りも欠かさないし、勉強も仕事も精一杯頑張ってはいるけれども。

「心機一転には幸先がいいんじゃない？　よかったね、ジョエル」

と、ローガンは言った。

「心機一転？」

「ちょっといろいろあって、ジョエルは落ち込んでいたんです」

「そうですか。……ジョエルは教師志望でしたね」

「はい……」

「上手く接待できて、会の偉い人に気に入られれば採用にも有利になりますから、ぜひ頑張ってください」

「はい」

「このことは、そのうちに修道院長から発表になると思いますから、それまで他の皆には黙っておくように」

そう言い残して、ガブリエルは去っていった。

（名誉なこと……か）

合同ミサで上手く上の人に気に入られて、教師に採用されることができたら願ったり叶(かな)ったりだ。

（……頑張ろう）

どこかすっきりしない感覚を覚えながら、ジョエルは思った。

7

薬草園で摘んだ薬草を薬草小屋へ運び、種類別に仕分けて、乾燥させるものは少しずつ束ねて吊るし、他のものは棚に収納する。

最後に床を簡単に掃除して出ようとしたところで、ふいに小屋の扉が開いた。

「わっ……！」

ぶつかって転びそうになって、思わず叫んだ。それを支えてくれた相手に、図らずも抱きとめられるようなかたちになってしまう。

「レスター……」

顔を上げれば、彼の美しい顔が目に飛び込んできた。その途端、ぶわっと熱が上がった気がした。

彼はジョエルを小屋の中に押し戻し、背中で扉を閉めて入ってきた。

「な……なんでこんなところにいるんだよ……っ」

ガブリエルのことを思い出し、つい刺々（とげとげ）しい物言いになった。

「機嫌悪いな?」

「……別に」

「そうか?」

「……リリーフィールドでは、大きな声をあげたり騒ぎたてたりするのは禁止されてるんだ。なのに、おまえが急に現れるから」

ただの言い訳だった。なのにレスターは唇で笑う。

「大きな声をあげてはならない——なんて戒律があるのか。へえ?」

なんのことを言っているか察して、ますます苛立った。彼を押しのけて、立ち去ろうとする。けれどもすぐに壁に手を突いて囲い込まれた。

距離が近くなると、ますます鼓動が速くなる。オメガの本能が、すっかりそういう相手として彼を捉えてしまっているのだろうか。

(アルファでもないのに)

「……やめろよ、こういうの」

「こういうのって?」

覗き込まれ、ジョエルは目を逸らす。

「……こんなところで、誰かに見られたらどう思われるか……」

それも危惧していることではあった。ただでさえレスターは修道士たちにひどく人気があって、常に注目の的なのに。

「じゃあ、どこで声かけろって？　聖堂でみんなが集まってるときとか？」

揶揄するようにレスターは言った。

（じゃあ、ガブリエル修練長や修道院長には、どこで声をかけて、モデルを頼んだんだよ？）

と、喉まで出かかった言葉を呑み込む。

レスターは言った。

「なんで来なかったんだよ、昨日」

そのことを聞かれると思っていた。どうしても行く気になれず、結局昨夜は自分の部屋で眠ったのだった。

「……発情期、終わったんだ」

本当は、少し前に終わっていたのだと思う。そのことに目を瞑って、まだ終わっていないふりで彼の許（もと）へ通っていたのだ。

「終わったって来ればいい」

「必要ないだろ」

「俺の身体だけが目当てだったのかよ？」

「はあっ？」

思わず声をあげてしまった。……けれども最初は本当に、発情した身体の熱を鎮めてもらうために会う——それだけのつもりだったのだ。なのに、ジョエルは割り切ることができなくなっていた。

考えたくなくて、ジョエルは逃げだそうとした。けれどもすぐに手首を摑まれ、引き戻されてしまう。

「放せよ……っ」

「——昨日、何話してた?」

「なんのことだよ」

「ガブリエルと話してただろう」

(ああ……)

そのことを聞きたくて呼び止めたのか。

そう悟ったら、なんだか気が抜けた。

(……だよな)

レスターにいったいどう思われていると自惚(うぬぼ)れていたのだろう。

「おまえには関係ないだろ」

「ないってことはないだろ」

乾いた笑いが漏れた。

「……別にたいした話じゃない。合同ミサの接待役に選ばれたってだけだ」

「合同ミサ？」

「同じ修道会派の司祭たちが集まってミサを行う、その補佐役を務めるんだ。名誉なことだし、教師としての採用にも繋がる可能性があるんだとか」

まだ秘密だと言われていたが、レスターは修道院の者というわけではないから「他の皆」には入らないだろう。

「それ、いつだよ？」

「年が明けてからって聞いたけど」

「日時がわかったら教えろよ」

「どうして」

レスターは手を放してくれなくて、会話を交わすあいだもずっと揉みあっていた。息が上がるのは、動いているからなのか、それとも。

「どうしてもだよ」

「理由を言わなきゃ教えない……！」

意地になって拒むと、レスターはため息をついた。

「おまえにも話しておいたほうがいいのかもな」

「……何を」

レスターは唇の端をあげて、軽く笑った。

「あのさあ……昨日、俺がガブリエルを描いてんの、見てただろ」

「なっ……」

指摘され、ジョエルは激しく狼狽した。気づかれていたなんて思いもしなかった。羞恥で顔が真っ赤に染まるのがわかる。あまりにいたたまれなくて、消えてしまいたくなった。けれども囲い込んだ腕はジョエルを逃がしてはくれない。

「ちらっと姿が見えたからさ。おまえ、嫉妬とかしないのかと思ってたけど、そうでもないのな」

「してない、し、嫉妬なんて……っ」

そういう仲じゃないことはわかっているのに。

ジョエルはレスターの手から逃れようとますますもがいた。彼は痛いほど強くジョエルの手首を摑んだまま、言った。

「──あれにも関係あることだよ」

「え……」

あれ、とはガブリエルを描いていたことを指すのだろうか。……あれには何か理由があるのだろうか？

（ガブリエル修錬長のことが好きなわけじゃなくて……？）

ジョエルは目を瞬かせる。

「知りたかったら、今夜部屋に来いよ」

な、とレスターはその瞳を覗き込んできた。


「……来るつもりなんかなかったんだ」

その夜、ジョエルはゲストハウスにすべり込み、目を逸らしがちに言った。

彼がゆっくりと近づいてくる。その気配を感じるだけで、呼吸が苦しくなった。

「でも来たじゃん」

と、レスターは言った。返す言葉がなかった。結局、遊ばれていようがなんだろうが、
彼のことが好きなのだ。一縷の希みをかけて、来てしまう。

「……足が勝手に」

ここへ向かってしまったのだと、自分でもわけのわからない言い訳をする。レスターは
吹き出した。

足のせいにした自分もどうかと思うが、そんなに笑うことはないと思う。彼は妙に上機
嫌だった。

「おまえが来いって言ったんだろ……！　説明するからって！　もういい、帰る……！」

「やっぱり気になってたんだな」

「……っならない！」

踵を返し、出ていこうとする。

「まあ待てって……！」

ジョエルを背中から囲い込むように、開けかけた扉に手を突いて閉ざす。後ろから乳首にふれてくる。

「あう……」

軽く撫でられただけでも、ひどい刺激だった。発情は終わったつもりだったけれど、全然そうじゃないのかもしれない。レスターにふれられてしまえば、こんなにも脆い。

「こんなにしたまま、帰れないいんじゃねーの？」

「……しに来たわけじゃないのに……」

「ああ、ガブリエルのほうが気になる？」

「……っ、ならないって言っただろ……！」

レスターは喉で笑う。

「じゃあいいだろ」

「……っ、おまえだって……っ」

苦し紛れの言葉だったが、腰のあたりにはたしかにレスターの熱が当たっているのだった。

「ああ。だからさ、気持ちいいことしてからだってかまわないだろ?」

彼はうなじに口づけてきた。

(……やってしまった)

ベッドの中で、ジョエルは半ば呆然と天井を見ていた。頭の下にはレスターの腕が、肩には彼の体温がある。

(ただ話を聞きに来ただけで、何もするつもりはなかったのに)

誘惑されれば他愛もなく堕ちてしまった。

「……それで、話しておいたほうがいいことってなんなんだよ?」

悪魔め……と思いながら、ジョエルは言った。

「そんな焦らなくても、もう一回やってからでもいいんじゃねえ?」

「レスター」

低い声で促す。もう散々後回しにされているのだ。

「わかったって」

レスターは起き上がった。暖炉に薪（まき）をくべると、弱くなっていた炎がまた燃え上がった。

ジョエルも身を起こし、素肌にシーツを引き上げる。

「ウィリアムを覚えてるか？」

と、レスターは言った。

「ウィリアム——同じクラスだった？」

「ああ」

「勿論……！」

ウィリアムはレスターの友人で、ジョエルにとってもクラスメイトだったが、ジョエルが寄宿学校を去る最後の日に、駅まで餞別——発情抑制剤を届けに来てくれた男でもあった。レスターに頼まれてのことだったとはいえ、ジョエルは彼にも深く感謝していた。

「実は、あいつに頼まれて、あるオメガを捜してるんだ」

と、レスターは言った。

「あるオメガ……？　もしかしてその人がこのリリーフィールドにいるのか？」

「まあ、『いた』んだよ」

「いた？」

レスターはベッドにどさりと腰掛け、机の抽斗（ひきだし）から小さな肖像画を出して手渡してきた。

十五、六歳の可愛らしい少年が描かれている。栗毛に緑の瞳——貴族ではないのだろうか。上品だが質素な服を纏っていた。
「おまえが描いたのか？」

「まさか。俺に描けるわけ……」

「え？」

「——いやいや」

レスターは軽く咳払い(せきばら)いして仕切り直す。

「この子は、ライアン・オズボーン。この絵は少し前のもので、今は十八になっているはずなんだ。見覚えはないか？」

「……残念だけど」

首を振るしかなかった。

「俺はまだここへ来てあまりたってないから……」

「だよな」

「このライアンっていう子は、ウィリアムの……？」

「幼なじみだそうだ。オメガだとわかって、家族からリリーフィールドに入れられた。ウィリアムとはずっと文通を続けていたらしいんだが、ここ数ヶ月、返事が来なくなったんだと」

「ただ返事が遅れているだけじゃなく、何かあったと思ってるのか？」

最初はこまめにやり取りをしていても、次第に億劫になり自然消滅する、というのは文通にはありがちなことだ。

「ウィリアムは、それは考えられないと言っている。幼なじみとは言っても、アルファとオメガだからな……」

「恋人同士だったってこと？」

レスターは頷いた。

「それでウィリアムがライアンの親に手紙で問い合わせると、返事が来て、ライアンは亡くなった、と」

「え……」

そういう話になると思っていなくて、ジョエルは驚いた。

けれど亡くなったのなら返事が来なくなるのは当然ではないのか。その考えは、レスターにも伝わったらしい。

「そうなんだが、ちょっと変な話なんだ。ウィリアムが家族に聞いたところによると、ライアンは流行病で亡くなったから葬式も家族だけでひっそり済ませたってことなんだが……リリーフィールドでそんな病が流行ったって話は聞かないだろ」

「たしかに、聞いたことはないな。誰も話題にしないだけで、俺が来る前にはあったのかもしれないけど」

「そこは、修道院長やガブリエルにも確認したから」

その名前にぴくりと反応してしまう。

「ここ数年、リリーフィールドで流行病はなかったってさ」

「……そうか」

「ウィリアムはちょうど持病の調子が悪かったこともあって、ライアンが亡くなったことで希望をなくしてな、死んであの世でライアンに会うなんて言い出して、今にも自殺しかねない有様だったんだ。で、待て早まるな、俺が調べるから、死ぬのはそのあとでも遅くないだろう、と」

そういえば、ウィリアムはジョエルが知っていた頃から心臓に病を抱えていて、身体を使うような授業や行事などは軒並み欠席していたことを思い出す。

「ライアンの家族について調べたら、妙に羽振りがよくなってるんだよな。もともとはどっちかといえば苦しい生活をしてる感じだったのに」

引っかかるといえば引っかかる。けれども他の理由で急に裕福になることも、普通にありうる話でもあった。

「それでリリーフィールドに調べに来たわけか」

「まあ、そんなところだ」

レスターが現れたのは、そういう事情だったのだ。絵を描きに来たというのは口実で。

(何か変だとは思ってたんだ)

それに、もしかしたら自分のために来てくれたのではないかと——ちらっと思ってしまったことも、違った。

「調査の成果はあったのか？」

「リリーフィールドに来てからさりげなく聞き込みをしてみたところだと、ライアンはたしかにここにいたけど、半年ほど前に急にいなくなったらしい。合同ミサの接待役に選ばれて、すぐそのあとに」

「いなくなった……」

最後の一言に、軽く悪寒が走った。

「……いなくなったってことは、亡くなったわけじゃないんだよな……？」

レスターは頷いた。

「少なくともリリーフィールドでは死んだとは思われてない。——合同ミサのあとでいなくなるっていうのは、たまにあることなんだってな。他の修道院の司祭に気に入られて引き抜かれたり、参加者の中には貴族もいて、見初められてつがいになったり」

そういえばローガンは接待役になるのは名誉なことだと言っていたし、ガブリエルも「めでたいこと」だと認識しているようだった。それはつまり、そういうふうに貴人から選ばれることがあるという意味を含んでいたのか。

「……ということは、ライアンは誰かのつがいになるか、他の修道院に引き抜かれたのかもしれないってことか。で、家族はライアンの恋人だったウィリアムが疎ましくて、死んだと嘘を告げた……?」

「という可能性もあるな」

「だとしたらライアンは生きてるわけだから、よかった……ってことになるのか? ウィリアムは振られることになるのかもしれないけど……」

「そうなんだよな……まあ死んでるよりはましだけどな」

うーん、とベッドに転がってのびをする。手を伸ばしてジョエルの尻を撫でる。ジョエルはそれを軽くはたいた。

「でも、そうじゃないかもしれない。リリーフィールドはなんとなく胡散臭いところではあるし」

「別に胡散臭くはないだろ、リリーフィールドは！」

「おまえはリリーフィールドを信じてるんだな」

「そりゃ……そうじゃなきゃ、自分から入院したりしないだろ」

とは言ったものの、揺らいでいる部分も正直あった。深夜の告解も、告げ口による公での自瀆の懲罰も、歪みを感じずにはいられない。けれども信じたい気持ちも強かった。ここで目的を叶えられなかったら、他にどうしたらいいかわからないのだ。

「ライアンが生きてるんなら、どこにいるんだろう?」

他の修道院か、貴族の屋敷か。

「ああ。それを突き止めて無事を確認しないと、ウィリアムは納得しないだろうな。けど、どうやって調べるかなんだよな――。知ってそうなやつには当たってみたけど、たとえ『元』であっても修道士の個人的なことについては規則で教えられないってさ」

「知ってそうなやつって」

「修道院長、副修道院長、修練長。あと特別仲がよかったやつとかなら知ってるかも」

「そのために修道院長やガブリエル修錬長と……」

どこか気持ちが軽くなって、ジョエルはつい呟いてしまった。レスターが目を細めたのに気づいて、はっと顔を逸らす。

「それならそうと、最初から教えてくれればよかっただろ……!」

ジョエルは抗議せずにはいられなかった。知っていれば何か手伝えることがあったかもしれないし、余計なことでやきもきする必要もなかったのに。

「おまえは、リリーフィールドには来たばかりだったんだろ。だったらライアンのことも何も知らないと思ったし、なるべく巻き込みたくなかったんだ」

「でも」

「俺がガブリエルを描いてるのを見て、嫌だった？」

「べ、別に……っ」

「へえ？」

レスターは笑みを浮かべる。

「俺が絵なんか描けないことぐらいわかるだろうに」

「でも描いてただろ……！」

「まあ、こんな感じで」

レスターは部屋の隅に裏を向けて立てかけてあったキャンバスを表に返して見せた。肖像画、とはとても言いがたい、適当に線を引いただけのものがそこにあった。

「描いてるふりだけ」

呆れて言葉もなかった。

「嫉妬しただろ、俺と修道院長やガブリエルとのあいだに、何かあるんじゃないかと思って」

レスターは覗き込んでくる。ジョエルは顔を背けた。

「も……もう帰る。ローガンが起きるといけないし……っ」

ベッドから下りようとする。けれども最後まで言わないうちに押し倒された。

「嫉妬したんだろ？」

「……」

「認めろよ」

「してないって、ちょっ……」

膝で軽く股間を撫でられ、ジョエルは息を詰めた。

「……っ、夜課がはじまるから……ほんとに、やめろって」

そんな刺激を続けられたら、抑えが効かなくなってしまう。ただこうして一緒にいるだけでも、気を抜いたら息が上がってしまいそうなのに。

(発情期も終わってるはずなのに)

自分はもしかしたら、オメガの中でも特別淫らなのかもしれないと思う。

「してない？　ほんのちょっとはしたんじゃねえ？」

「放せ……っ」

そんなことを言わせてどうするというのか。どうにもなりはしないのに。

そう思うと、身体が強ばる。ようやくレスターはジョエルを解放した。

「あーあ」

彼はまたどさりとベッドに倒れ込んだ。

「じっくり朝まで過ごしてぇな」

レスターは目を閉じて呟いた。ジョエルは身を起こし、寝間着を拾い上げる。身支度を整えながら、彼の整った顔をそっと見下ろす。

（朝まで、か……）

そんなにずっと身体を絡めていたら、どうなってしまうんだろう。考えただけで頬が火照る。いや、余るほどの時間があれば、交合だけでなく昔みたいにもっと話をしたり、一緒に眠ったり、寝顔を眺めたり——いろいろなことができるかもしれない。

ちょっといいかもしれない、と思ってしまい、慌てて振り払う。

（そんな日は来ないから……！）

来るはずがないのだから、夢見てはならない。そもそもこんなことをしているだけでも、戒律すれすれ——いや、破ってないことにしているほうが欺瞞なのに。

「……とにかく、俺もそれとなく仲間たちに聞いてみるから。ライアンと仲のよかった子が見つかるかもしれない」

ジョエルは言った。

「おまえが？」

「俺のほうが怪しまれないだろ」

「……かもしれないけど、無理はするな。おまえが危なくなったらどうするんだよ」

「危ないって？」

先刻もそんなようなことを言っていたが、ジョエルには今ひとつぴんときていない。

「だから……ライアンが本当に無事かどうかもわからないんだからな。リリーフィールドには、何かあるのかもしれない」

「まさか」

ジョエルは一蹴したが、レスターの表情は硬い。

「じゃあ、あの告解は？」

「……告解は告解だろ」

答えると、馬鹿を見るような目でじろりと睨まれた。レスターはベッドに身を起こした。

「合同ミサ、やっぱり断れないのか？」

「え？」

「ライアンは合同ミサのあと姿を消してる。何かあるのかもしれないだろ」

「だったら、それこそ探るのに好都合じゃないか？　まあ何もないとは思うけどな」

「そんな気軽に言って、何かあったらどうするんだよ」

レスターの思いのほか真剣な表情に、ジョエルは目を瞬かせた。彼が本気でジョエルのことを心配してくれているのが伝わってきたからだ。

自分のための調べもので危険な目に遭わせたら申し訳ない——と思うのは、当たり前の感情かもしれないが、ジョエルは少し嬉しかった。

「大丈夫。気をつけるから」

少し聞き込みをする程度だ。むしろたいした役には立てそうにないことが残念に思える。

「とにかく無理はするなよ」

「わかったよ」

念押しするレスターが可笑しくて、ジョエルは少し笑いながら頷いた。

8

わかったことを報告するために、ジョエルはときどき——しばしばレスターとの逢瀬を続けた。些細なことでも報告できることがあれば、彼の部屋を訪れずにはいられなかった。

——最近、なんだかご機嫌だよね

などと、ローガンにはたまにつつかれる。黙っていてくれているだけで、ばれているのかもしれない。それでも、止められなかった。

身体を絡めているわけではない。発情期は終わったから、「する」理由がない。ただ話をするだけだ。

とは言っても、報告できることはあまりなかった。

「ライアンと仲がよかったのは、同い年のジャックとオースティンって子みたいなんだけど、二人ともライアンから手紙をもらったことはないって言うんだ」

「一通も？」

「一通も」

あり得ないほどおかしなことというわけではない。新しい世界に忙しくて、昔の友達を忘れるなんてことは、別にめずらしくはないだろうし。または貴族のつがいになって、昔の友達とはあまり親しくしないように言われているとか。

（それはそれでどうかとは思うけど……）

「俺が聞いてるライアンの性格からすると、あまり無情に友達を切り捨てるとは思えないんだけどな」

「俺が聞き込んだ感じでもそうだった。ジャックとオースティンも、がっかりしてるというより心配してるみたいで。他にもいなくなった子がいるから、そっちも当たってみようと思ってるんだけど」

「いや……」

レスターは考え込むような顔をする。ベッドのヘッドボードに凭れて座る彼の足許のほうに、ジョエルは座っていた。

「そっちは調べなくていい。もう十分おかしいことはわかったし、嗅ぎまわってることがばれると危険だ」

「大丈夫だって。なるべくさりげなく聞いてるから」

そう言うと、レスターはじろりと横目で睨んできた。

「おまえがそんなに器用だとは思えないんだよな」

「失礼な。俺だってそれなりにちゃんとやれるんだからな」

レスターの言うことはもっともではあるのだが、役立たずだと思われたくなかった。

「あと、戻ってきた子に合同ミサのことを聞いてみようと思うんだ。俺も次、参加することになってるから、聞いても疑われることはないと思うし」

「まあ、そうかもしれないけどな」

レスターは軽くため息をついた。

「なんでそんなに熱心なんだよ?」

「え……」

「この件は俺のことで、おまえには直接関係ないことだろ?」

「それは……」

たしかにその通りだった。

レスターには命じられても頼まれてもいない。むしろ彼は心配して、止めようとしてくれているのに。

(でも……せっかくできることがあるんだから)

レスターの役に立ちたかった。

副監督生として、彼とパートナーだった頃のことをジョエルは思い出す。

(いろいろあったけど、楽しかったんだ)

らないのだ。

レスターのような男に認めてもらえたことが、どれほど自分の矜持になっていたかわか

「……ウィリアムは俺にとっても知らない相手じゃないし、一応友達、だろ」

と言えるほど親しくはなかったが、餞別を届けてくれたときの恩もある。

「ウィリアムのためなのかよ」

「俺にも関係あることだろ。合同ミサに出席することになってるんだし、もし何かあるん

なら知っておいたほうが」

「それ、やっぱ断れよ」

レスターは不機嫌に言った。

「合同ミサを?」

「ああ」

「無理」

「どうしてだよ」

「もう決まったことだし……それに、教師になりたいんだって言っただろ。合同ミサで気

に入られれば、採用に有利になるんだ」

「だからって、行かなくても不利になるってわけでもないんだろ」

「断れば心証は悪くなるかもな。……家には帰れないし、採用されないと本当に困るん

だ」

「だったら、……っ」

レスターは、何か言いかけて口を噤んだ。

「だったら？」

「……──」

ジョエルは問い返す。レスターは口ごもった。めずらしいことに、ジョエルは首を傾げる。この言い辛そうな雰囲気は、なんだろう。

ゲストハウスの呼び鈴が鳴ったのは、そのときだった。

夜中に誰かが訪ねてくるなんて、これまで一度もなかったことだった。

ジョエルは心臓が縮み上がるのを感じた。レスターとのことがばれたのだと思った。このところあまりに頻繁に出入りしていたから、いつそうなっても不思議はなかったのだ。

レスターも同じことを考えたようだった。ジョエルにここに隠れているよう目で指示し、寝室に残して出ていった。

ジョエルは扉に頬を押し当てて、耳を澄ませる。

レスターは、訪問者とぼそぼそと話していた。よく聞き取れなかったけれど、リリーフィールドの者に咎められている雰囲気ではない。ジョエルは少しほっとするが、だとしたら誰が来たのだろう。

やがてレスターが寝室へと戻ってきた。

「……なんだったんだ」

「これ」

「手紙……？」

こんな夜中に——朝の早いリリーフィールドとは違い、近隣の村ではまだそれほどの深夜ではないとはいえ、届いた手紙が普通のものとは思えない。

封は乱暴に切ってあって、レスターはすでに読んだらしい。

「ウィリアムの弟からだ」

「ウィリアムの、弟……？」

本人からじゃなくて？

「病気が悪化して危ない状態だそうだ」

想像もしていなかった内容だった。ジョエルは息を呑んだ。

「——すぐ行ってやらないと」

ジョエルは言ったが、レスターの反応は鈍い。

「……俺が行っても、できることがあるわけじゃない」

「そういう問題じゃないだろ……！　こんなに急いで手紙を届けてきたくらいなんだから、来て欲しいに決まってるだろ」

「……だけど、合同ミサがあるだろう」

「あるけど」

レスターはジョエルのことを心配してくれているのだ。

「まだひと月はあるし、別に危険だって決まったわけじゃないだろ。……っていうか、接待役はみんなが選ばれたがるような役目なんだから、おまえが心配しすぎなんだって」

「発情期も来る」

そう――。合同ミサが終わればすぐにやってくる。しかも、ジョエルの発情の周期はまた乱れている。早まる可能性だってある。本当は前回の発情だって、もう少し遅いはずだったのだ。

前の発情期は、レスターのおかげでどうにか越えることができた。けれど次の発情期に、彼がいなかったら?

(……乗り越えられるんだろうか、俺は)

正直、不安しかない。

傍にいて欲しかった。発情期も不安だし、もし行ったきり戻ってきてくれなかったら?けれどもそれを理由にレスターを引き留めることはできない。ウィリアムは死にかけているのかもしれないのだ。

「大丈夫だって。それに、意外と元気ですぐ戻ってこられるかもしれないだろ」

「だといいけどな」

「……それに、ライアンの調査を頼まれてるんだろ。だったら、わかってるところまでも報告しないと……」

最悪の場合、何も報告できないままになってしまう。万一そうなったら、レスターは後悔してもしきれないのではないだろうか。

考え込んでいた彼は、ふいに部屋の片隅に置いてあった旅行鞄を手にした。ベッドに放り投げ、中を漁る。取り出したのは、硝子壜だった。中には飴玉のようなものがいくつも入っていた。

「それ……」

「発情抑制剤だ」

やはりそうだった。

「なぜおまえが持ってるんだよ?」

発情抑制剤はオメガもアルファも同じものを使うが、ベータには必要ないもののはずなのに。

「リリーフィールドには大勢のオメガがいるからな。念のために持ってきたんだ」

念のため、でこれだけの高価な薬を持ち歩ける。ジョエルはさすがヴァンデグリフト家の財力だと思う。

レスターは壜をジョエルに握らせた。

「え……っ」

「どんなことがあっても、絶対合同ミサまでには帰ってくるから」

彼はジョエルの手を壜の上からぎゅっと握り締めた。

「だけど、もしその前に発情期が来たら、必ずこれを飲め」

「こんなもの、もらうわけには……」

高価なものだし、やや不安定だとはいえ、合同ミサより早く発情期が来るとは思えなかった。

「いいから受け取れって！　俺のいないあいだに、もしかしておまえが他の——そう思ったら」

「俺がそんなことするとでも」

「思ってるわけないだろ……！　けど、何が起こるかわからないからな」

実際、メイソンたちには襲われかけたのだ。

「レスター……」

「そうじゃないと行けねえ」

レスターはジョエルの手をぎゅっと握り締めたままだ。

彼は、身体を持て余したジョエルが他の誰かを頼るなどと思っているわけでは、多分ない。ただ、心配してくれているのだ。これがあれば、発情期を乗り切ることができる。これを預けてくれるのは、彼なりの気持ちだ。

「ありがとう」

ジョエルは襷を受け取った。

「待ってるから」

できるだけ安心させられるように微笑うと、レスターはジョエルをぎゅっと抱き締めてきた。

9

レスターは夜が明ける前に、リリーフィールド修道院を発った。

彼の不在がひどく物足りない。いるわけがないのに、つい目で探してしまう。抱き締められる夢を見て目が覚める。

(……戒律を守って、節制して暮らす。……そのためにリリーフィールドに来たはずだったのにな)

いや、せっかく心を——身体も——乱す元凶がいないのだから、今こそ精一杯禁欲的に生活するべきだ。

そう思い、ジョエルは日課と勉強に真面目に取り組んだ。

けれども発情期は容赦なくやってくる。

その日は起きたときからひどく気怠かった。それどころか身体が熱を帯び、ちょっとしたことで吐息が零れてしまう。

(いつもよりだいぶ早い。ミサが終わってからだと思っていたのに)

発情しかけているのだと認めないわけにはいかなかった。

（……本当は頼りたくなかったけど）

レスターからもらった薬は、とても高価なものだ。使わずに済むものならそうしたかった。

だが、それを飲もうと思っても、しまったはずの机の抽斗に壜はなかった。

（たしかにここに入れておいたのに……⁉）

ジョエルは他の抽斗やクローゼット、ベッドの下まで這いつくばって探した。けれども壜は見つからなかった。

「探し物？」

いつのまにか部屋へ戻ってきたらしいローガンが声をかけてきた。ジョエルはしゃがみ込んだまま、はっと顔をあげた。

「あ……うん、ちょっと……」

「それって、これのこと？」

ローガンが翳して見せたものに、ジョエルは息を呑んだ。レスターにもらった壜だ。間違いない。

「ど、どうしてそれ……」

ローガンが持っているのだろう。ジョエルがしまい忘れたものを偶然見つけた？　それだけにしては、彼の瞳は昏かった。

「発情抑制剤だよね、これ」

やはりそれが何か、ローガンも気づいているのだ。ジョエルは手を伸ばした。

「……か……返してくれ」

「リリーフィールド修道院の修道士は、発情抑制剤は持ち込んじゃいけないことになってるはずだよね。どうしてこれ、ジョエルが持ってるの」

「……」

「前の発情期のときも平気そうだったけど、あれはこの薬を使ってたからだったの？」

答えることができず、ただうつむいて手を握り締める。ローガンはくっと笑った。

「――なんてね。本当は、あの男に慰めてもらってたんだよね？」

ジョエルは目を見開いた。

「オメガ同士、僕と穏やかに暮らそうって言ったのに、あの男とよりが戻ったらすっかり忘れて毎晩通い詰めてさ。――この裏切り者」

「そんな……っ」

裏切ったつもりなどなかった。ローガンがそんなに重い意味で言ったとも思っていなかった。けれども彼から見れば裏切ったことになるのだろうか。

「僕が気がついてないとでも思ってた？　毎晩のようにベッドを抜けてさ……さすがに気

づかないわけないでしょ。最初は一人で自分を慰めてるのかと思って、そっとしておいてあげようかとも思ったけど……違うよね？　男と逢い引きしてたんだよね？」

「……」

「なんとか言ったら？」

「……気がついてたなら、どうして今まで……？」

嘘をつくことができず、ジョエルは言った。

「僕のこと、一度は黙っていてもらった恩があったからね。最初はジョエルのことも見て見ぬ振りしてやろうと思ってた。ジョエルが裏切ったりしなければ」

「……裏切ったわけじゃ……」

「それに戒律を破ると言っても、姦淫は自瀆以上の、最も重い罰があたえられるんだよ。ジョエルはリリーフィールドにいられなくなる。それじゃ面白くないでしょう。――だから」

寂しいとか、哀れだとかでなく、面白くないという言葉をローガンは使った。

「上を通さず、私刑にすることにした」

「私刑――？」

ローガンはちら、と後ろを振り向いた。

「みんな、入って！」

（みんな……⁉）

扉が開き、五、六人の修道士たちが入ってきた。ジョエルは息を呑んだ。

反射的にどこへでもなく逃げ出そうとして立ち上がったが、脚を引っかけて転ばされてしまう。

ジョエルが起き上がるより早く二人がかりで抱えられ、ベッドの上へ乗せられた。

「やめろ……っ、放……っ‼」

暴れても、多勢に無勢だった。

寄ってたかって修道服を脱がされ、裸に剝かれた。両手を頭の上で押さえ込まれ、動くこともできなくなった。

「へえ――こんなことされてるのに勃ちそうになってるんだ。発情しかけてるんだもんね」

くすくすと笑う。

「どうせなら、ちゃんと勃たせちゃおうか。――えいっ」

「あぅ……っ」

先端を指で引っ張られ、ジョエルは仰け反った。びりびりと痺れるような感覚が走り抜ける。

「簡単だねえ、ジョエル。もしかして、みんなに見られて興奮してるの？」

そんなわけはない。けれど発情しかけた――すでにしているのかもしれない身体は、異常な状況への混乱と動揺を、ほかの何かと取り違えているのかもしれなかった。

「淫乱」

その囁きに、皆が笑った。

仲間――いや元仲間か。何人もの前ですべてを晒され、発情に抗えずに反応している性器まで注視されて、ジョエルは羞恥と恐ろしさでおかしくなりそうだった。

「こ、こんなことして――すぐに誰かが……」

「大丈夫だよ。この棟の全員に根回しは済んでるから。ジョエルが接待役に選ばれたことや、あの男といちゃいちゃしてること、妬んでる子も多かったみたいだよ。次の獲物はジョエルにするって言ったら見学希望も多かったんだけど、そんなには部屋に入れないからねえ」

「――……」

彼らはこうして何度も、誰かを獲物にして私刑を繰り返しているのか。ジョエルは愕然とした。助けてもらえるかもしれない希望も断たれ、言葉もなかった。

「――セドリック」

ローガンは呼びかけた。動転して気づかなかったが、部屋に踏み込んできた修道士たちの中には、セドリックもいたのだ。

彼は革製の小さなベルトのようなものを取り出した。

「な……なんだよ、それ……」

「リリーフィールドに昔から伝わる懲罰のための道具……貞操帯だよ」

それがどう使われるのかはっきりとはわからないのに、本能的に悟ってジョエルはぞっとした。

「大丈夫、慣れればけっこう気持ちいいよ」

「セドリックってちょっと変態入ってるよね」

くすくすと笑い声が漏れる。ジョエルはセドリックが衆人環視のもと鞭打たれ、吐精したことを思い出さずにはいられなかった。

彼は貞操帯を手に近づいてくる。ジョエルは無意識に首を振っていた。

「……怖いの？　可愛いね」

セドリックはジョエルのものを摘まんでそれをあてがい、陰嚢(いんのう)ごとぎゅっと絞るように根元を縛(いまし)めた。

「つうぁっ――」

ジョエルは痛みに呻いた。

「痛い？　でも大丈夫、血の流れが止まったり切れたりはしないから」

「経験者は語るねえ」

「これ、鍵とかがついてるわけじゃないけど、留め金が特殊なかたちしてるから、自分じゃほぼ外せないんだよね」

「それも経験者は語る？」

また忍び笑いが漏れた。

「凄い……まださわってもいないのに、ジョエルの乳首が真っ赤になってきた」

「興奮すると色まで変わるんだね。ときどき凄い尖ってるのは知ってたけど。修道服の上からでもはっきりわかって、ああ、やらしいなあって思ってたんだ」

「あぅ……っ」

指先で摘まれ、自分でもびっくりするような声が漏れた。

「それに感じやすいんだ？　あの男に散々弄られてこんなになったの？　それとも興奮してるから？」

「あぁ……っ、やめ……っ」

「そっちだけじゃ片手落ちだろ。こっちもしてやらなきゃ」

「そうだね。——みんなもたっぷりジョエルを可愛がってやって」

「了解……！」

別の修道士が、もう片方の乳首に吸いついてくる。両方を同時にねっとりと舐(ねぶ)られ、ジョエルは懊悩した。

「気持ちいいけどイけないの。オメガにはこれが一番の罰だよねえ」

「人によってはご褒美なんじゃないの」

「セドリックとか？」

「ジョエルはどうかなあ？」

笑いながらジョエルを弄ぶ。

「あぁっ……ふぁ、……っ」

乳首だけの刺激がもどかしくて、ジョエルは何度もはしたなく腰をせり上げていた。先端から蜜が零れるのが自分でもわかってしまう。

「こっちもして欲しいみたいだよ？」

「じゃあかまってあげないとね」

「ンう――ッ」

焦れきったものを咥えられ、ジョエルは仰け反った。そのまま吐精してしまうと思った。けれどそれはできないのだ。堰き止められた苦しさに、ジョエルは呻いた。

「ん、んんっ、あ……」

そんなジョエルのものを、セドリックは口の中で転がす。

「あぁっ、ああっ、ああっ――」

「クるでしょ、これ。頭、馬鹿になっちゃうよね」

「んんっ……っ、やめ、こんなの、戒律に……っ」

皆で戒律を破っているようなものだ。

ジョエルの言葉に、笑いが起こった。

「自分は外の男と乳繰り合っておいて、面白いこと言うよね。これは姦淫じゃなくて、懲罰だから。――ただし」

「わかってるって、後ろは禁止、だろ」

「そう。一番疼いてるところはしてあげない。罰だからね」

「して欲しいことしてあげたら罰にならないもんね」

口々に彼らは囀った。

「あ……あぁっ――」

「あーあ。こんなに脚開いちゃって、可哀想」

指摘され、はっとした。無意識のうちに、いつのまにかジョエルは大きく脚を開いてしまっていたのだ。乳首や陰茎を嬲られるうちに、奥が疼いてたまらなくなって。

ジョエルは慌てて閉じようとしたが、両膝をそれぞれに掴まれ、閉じさせてもらえなかった。

「見て。孔がすっごい濡れてぱくぱくしてる」

「ほんと。挿れて欲しいんだねえ」

「あの人には何回くらい挿れてもらったの？　こんなにはしたない身体になるまでに」

ジョエルは激しく首を振った。レスターとそこまでしたのは、最初の一回きりなのに。

誰かの――多分、ローガンの指先が、後孔にふれた。

「あぁぁ……ッ」

奥が痛いほど疼く。指を挿れて欲しい。レスターがしてくれるように、掻き回したり抜き差ししたりして欲しい。

狂おしく希むのと裏腹に、絶対にそれ以上して欲しくなかった。そこにふれていいのはレスターだけだ。

「中、すっかり出来上がってるんだろうね」

「出来上がってるってなんだよ」

「ほら、名器っていうか？　いい感じに締めつけて、うねったりするみたいな」

「そういうこと言われると、ちょっと突っ込んでみたくなるよね。発情期じゃなくても我慢できなくなりそう」

「だめだめ。今夜はそれはなしで、ジョエルを嬲り抜くんだから」

この狂宴はいつまで続くのだろう。

ジョエルの脳裏に絶望が過った。

いつ終わったか、記憶にない。

いつのまにか気を失って、そのまま眠っていたらしい。目が覚めたときには、窓の外は明るくなっていた。

夜課も、そのあとの朝食も休んだのに咎められていないということは、ローガンが言いつくろったのだろう。

ジョエルは深くため息をついた。

（……まさか、あんなこと）

昨夜起こったことがまだ信じられない。

同朋のオメガたちに、懲罰と称して弄ばれるなんて。

（レスターとのことも知られてて……）

自業自得ではあった。最初は脅されたとはいえ、最近では自ら希んで彼の部屋へ通っていたのだから。

あまりの経験に、すべて夢だったのではないかと思ってしまうほどだった。けれど身体に残る感触と股間に嵌められたままの貞操帯が、夢にさせてくれない。

ジョエルはベッドの上に起き上がり、それを外そうと試みた。裏側にある、見ることのできない留め金を引っ張りまわす。

「んっ……」

だが結局、どうやっても外せなかった。

(鍵がかかってるわけでもないのに)

――留め金が特殊なかたちしてるから、自分じゃほぼ外せないんだよね
その言葉のとおりだった。弄っていると、どうしても自身にふれ、感じてしまう。自制が効かず、大きさが増せば、ベルトがさらに締まって苦しさも募った。

(……何をやってるんだ……)

情けなさにじわりと涙が滲んだ。

泥のように眠ったせいか、昨夜のような激しい懊悩は収まっているが、疼きが消えたわけではない。ちょっとしたことでぶり返してしまいそうな熾火（おきび）が下腹に渦巻いていた。

このまま閉じこもって、もう一度眠りたい。

けれども午後には合同ミサへと出発しなければならない。

こんな状態で接待役など務まるのかと思うと、ひどく不安だった。とんでもない失態を晒してしまうのではないかと。

発情抑制剤を奪っていったローガンたちが恨めしかった。

(レスター……)

――どんなことがあっても、絶対合同ミサまでには帰ってくるから

そう言った彼の言葉が耳に蘇る。

(ミサは今日なのに)

馬鹿、馬鹿野郎、と口の中で繰り返す。

ウィリアムの病状はよくないのだろうか。それとも、何か他の事情ができて……?

(帰りたくなくなったとか)

見捨てられたとは思いたくなかった。彼を信じたい。いや、見捨てられたも何も、彼はこんなことになっているなんて、知るよしもないのだ。

(そもそもただ合同ミサで接待役を務めるだけのことで、無理に帰ってくるべき理由もないはずだったんだ)

大丈夫だと言ったのは、ジョエル本人だ。ウィリアムの病状によっては、そちらを優先して当たり前なのだ。

そう思うのに、彼の不在がジョエルにはひどく堪(こた)えていた。

10

その日の午後、リリーフィールド修道院の馬車は合同ミサへ向けて出発した。

同行者は、ラフェンスベルガー修道院長とガブリエル修練長。それにジョエルだ。ほかに四つの修道院からだいたい同人数ずつ参加予定だという。

大役を控え、しかも普段はあまり近くで会ったこともない修道院長と顔をつきあわせて、ジョエルはひどく緊張していた。

「大丈夫ですよ。皆さんやさしい人ばかりですから」

と、修道院長は言ってくれるけれども。

(……せめて発情抑制剤を奪われなかったら)

発情していなかったら、もっとずっと前向きな気持ちで合同ミサに臨めただろうに。

少しでも熱を鎮めるため、リリーフィールドを出る前に湖に浸かり、ついでに身も清めてきたけれど、それほど楽になっているとは言えなかった。

修道服に浮き上がった乳首のかたちが恥ずかしく、さりげなく腕で隠す。布に擦れるとそれが刺激になって余計に尖ってくる気がした。

――ときどき凄い尖ってるのは知ってたけど。修道服の上からでもはっきりわかって、ああ、やらしいなあって思ってたんだ
昨日投げかけられた嘲笑をどうしても思い出してしまう。

けれどもふと気づけば、ガブリエルも同じような状態なのだった。しかもどこか落ち着きがなく潤んだ瞳をしているように見える。

（もしかしてガブリエル修練長も発情してる……？）

オメガなのだから、発情しても不思議はない。けれどもいつも理知的に取り澄まして見えるガブリエルが……と思うと、その違和感に、かえって匂い立つような色香が感じられた。

それにしても、合同ミサに参加するオメガ二人が二人とも発情中だというのは、凄い偶然だった。

やがて馬車は、リリーフィールドよりもさらに山深い、人里離れた教会へと到着した。

夕暮れ刻、鬱蒼とした森の中に石造りの建物が佇んでいる。リリーフィールドより小規模な修道院だが、伝統を感じさせる古さだった。ジョエルはその雰囲気に、なぜだか少し寒気を覚えた。

門柱に彫られた消えかけの文字は、聖バフォメット修道院――と読めた。合同ミサの主

宰である。

修道院長と挨拶を交わし、部屋へ案内された。

一人部屋はひさしぶりで、ほっと息をつけた。

リリーフィールドの馬車は少し遅れていたらしく、他の招待客はすでに着いているらしい。修道士でない都の貴族も多数参加していた。

「敬虔な信徒のかたがただけ、特別にお招きすることになっているんですよ」

と、ガブリエルが教えてくれた。華美に着飾り、太った姿からはそうは見えなかったけれど、人は見かけによらないものなのかもしれない。

そのあとはすぐに晩餐会となった。

接待役として、ジョエルは司祭や貴族たちのテーブルに料理を運んだり、ワインを注いでまわったりした。修道院の食事は黙食が基本だが、今夜は特別な日ということで会話は禁じられていない。皆楽しげに談笑していた。

ときどき、ジョエルも話しかけられたりする。

「君は、どこの修道院の修道士かね?」

「リリーフィールド修道院です」

「そうか。リリーフィールドはいいね。あそこは、とてもいい」

「ありがとうございま……あっ」

何を褒められたのかよくわからないまま、礼を言いかけたところで手を握られ、ジョエルは思わず引っ込めた。失礼になったかと思ったが、司祭は笑ってくれた。

「君は合同ミサは初めてかな?」

「は……はい」

「初々しいでしょう?」

近くの席にいたガブリエルが取りなしてくれる。

「実にいいね」

咎められなかったのを幸いに、ジョエルは次のテーブルへと足早に向かった。

(でも……なんで手を?)

ただの親しみの表れなのか、そういう習慣なのだろうか。同じようなことは他の席でも何度もあった。

ときには隣に座らされ、肩を抱かれたりもする。

ジョエルは逃げ出したかったが、くれぐれも粗相がないように、とはラフェンスベルガー修道院長にも命じられていることだ。ちら、と見れば、ガブリエルも平静に受け止めているし、ジョエルのような下っ端が逆らえるはずもなかった。

「あの……」

こうなったからには、ジョエルはなるべくさりげなく話を振ってみようとした。

「以前にもうちの修道院から、取り立てていただいた子がいるとか……」

同じテーブルの中に、ライアンの行方(ゆくえ)を知っている人がいるかもしれないと思ったからだ。

一瞬、弾んでいたはずの会話が途切れた。

まずい質問だったかと、ジョエルは不安になる。

「……うちの修道院ではないね」

「君も取り立てられたいのかね?」

「この美貌なら——いや、真面目に信仰に励んで勉強していると聞いているからね。十分に可能性はあると思うよ」

「楽しみにしていなさい」

「……はい」

そういうことではなかったのだが。

(でも美貌って……?)

彼が口にしかけた科白が気になる。貴族のつがいとして指名されることもあるようだから、その場合は容姿がものを言ったりするのだろうか。

滅多にないことだと思っていたからあまり考えていなかったが、もしもジョエルが指名されてしまったら、断ることはできるのだろうか。

（誰かのつがいになるなんて）

つがいになれば、フェロモンを垂れ流すこともなく、発情期にもつがい相手に宥めてもらえるのかもしれない。けれども絶対に嫌だった。

それにほかの修道院に取り立てられるとしても、このままリリーフィールドに一度も戻ることができず、誰にも居場所を連絡できないとしたら？

（レスターにも会えないままになってしまう）

それは困る。それとも、以前の子たちは自主的に連絡しようとしていなかっただけで、しようと思えばできたのだろうか？

ミサはこのあと夜通し行われる。それまでは、休むなり身を清めるなりして自由に過ごしていいということだった。

ジョエルは部屋を抜け出し、散歩をするふりで院内を彷徨った。

少しでも発情から意識を逸らしたいということもあったが、ライアンの件を探ってみるつもりだった。

彼は普通にほかの修道院の修道士になるか、アルファに見初められてつがいになるかしているのかもしれない。けれどもやはり、旧友たちの誰とも連絡を取っていないのは変だと思うのだ。

晩餐会で探りを入れるのは失敗したけれど、できるだけ当たりをつけたい。合同ミサのこと、参加者のこと、バフォメット修道院のことも。

(何かわかればレスターが帰ってきたときに話してやれる)

もし帰ってこなかったら？　ふとそう思ってしまい、慌ててその考えを振り払う。今は、それは考えない。

(……とはいっても、合同ミサ自体に何かあるわけじゃないとは思うんだけど……)

以前リリーフィールドから選ばれて参加し、戻ってきて今も普通に暮らしている修道士たちにも話を聞いてみたけれども、たいしたことは言っていなかったからだ。

――楽しい集会だったよ。また選ばれたら行ってみたいな

と、だいたいそんな感じだったのだ。

聖堂では、ミサの準備を行っていた。蠟燭(ろうそく)の揺らめく灯りに照らされているせいか、妙に不気味に見える。

祭壇の前の広い内陣に敷物を敷き、高坏(たかつき)を運んでいる。ミサは一晩中続くというから、食事が出るのだろうか。

「お疲れさまです。何かお手伝いできることはありませんか？」

ジョエルは声をかけてみたが、やんわりと断られた。

「大丈夫ですよ。ここは私どもだけで。他院のかたはゆっくりお休みになっていてください」

つくったような笑みが気になりながらも、聖堂から出ていくしかなかった。

（ライアンの行方を知ってそうなのは、うちの修道院長と……もし合同ミサがかかわっているならこの聖バフォメット修道院の修道院長、ライアンがいるのかもしれないほかの修道院か貴族の参加者たち……）

偶然を装ってばったり会う……ようなことができれば、話を聞けるかもしれないのだが。

一番その可能性が高そうな宿泊棟へ戻り、歩きまわってみるが、そんな幸運には当たらなかった。

（いっそ堂々と訪ねてみるのは？）

怪しまれるだろうが、そもそもさりげなく聞き出すような技術はないわけだし、後ろ暗いところがないのなら、あっさり教えてもらえるかもしれない……？

（でもどの部屋に誰がいるのか、わからないんだよな……）

ジョエルは深くため息をついた。吐息が熱い。

馬車で長時間揺られた疲労と合同ミサへの緊張感で、多少は緩和されていた発情の疼きだったが、どうにか精神力で抑えつけているのも限界に近づきつつあった。ずるずると壁際に蹲る。

(……せめて貞操帯がなければ)

今のあいだに少し楽になることもできるかもしれないのに。——いや、それは戒律を破ることになる。

(……だめだ、そんなこと考えたら)

ミサの時間も近づいてきていた。一旦部屋へ戻ろうと思い、立ち上がったときだった。

——……

ある部屋の中から含み笑いが聞こえてきた。

ジョエルは思わず足を止めた。ガブリエルの声のように聞こえたからだ。

(ガブリエル修練長の部屋じゃないよな……?)

ガブリエルの部屋は、ジョエルの部屋の隣だったはずだし、オメガとベータは階を分けられている。しかもこのあたりは棟の中でも一番奥の、特別室とも言うべきあたりで、各修道院の院長や貴族たちの領域だったはずだ。

(ずいぶん親しげだけど、誰と話してるんだろう……?)

ラフェンスベルガー修道院長の部屋だろうか? ガブリエルは以前にも合同ミサに招かれたことがあるというから、他院にも知人がいても不思議はないけれども。

気にはなったが、立ち聞きするわけにもいかない。

ジョエルは扉から離れようとした。

にもかかわらず、離れられなかったのは、再び聞こえてきたのが喘ぎ声のような気がしたからだ。

(気のせい、だよな……?)

つい耳を欹(そばだ)ててしまう。

——おいおい、もうすぐミサだというのに待てないのか?

その声も喋りかたも、ラフェンスベルガー修道院長とは違う気がする。

——だってひさしぶりにお目にかかれたんですよ。ミサの前に一度くらい楽しんでも、罰は当たらないでしょう?

——院長にばれたらどうする。おまえを殊のほかお気に入りなのに
——あれはあれ、これはこれ……聖職者と貴族様では、大事なところの味が違いますガブリエルの声で発せられているとは信じられないような科白だった。相手の男は喉で笑う。

——まったく、淫乱な子だ。最初はあんなに初心(うぶ)だったのに
——だってせっかくオメガとして生を授かったのですよ。愉しまなければ損じゃないですか。……発情したときのこの快楽は、どんな立派なアルファの皆様にも味わえない、オメガだけのもの……

うっとりと囁くガブリエルのその言葉に、ジョエルは衝撃を受けた。

(そんな考えかたがあるなんて)

しかもガブリエルが、リリーフィールドの戒律を正面から否定するようなことを言うなんて。

これまでジョエルが知っていた清廉なガブリエルとは、まるで別人のようだった。

(平気で、戒律を破って)

いや、破っていたからこそ、あんなふうにいつも穏やかに落ち着いていられたのだろうか？

愕然としながらも、ガブリエルの戒律違反を咎める気には、とてもなれなかった。

(俺だって人のことは言えない)

咎める資格などない。

――そういえば、あの頃のおまえに似た子がいたな。たしか……ジョエルとか言った
突然聞こえてきた自分の名前に、心臓が跳ねた。

――おまえも昔はあんな感じだったのにな
――今だって変わらないでしょう？

――見た目はな。こんな、一度もイったことがないような顔をして……

――仮面を被っているからこそ、それを外したときの背徳の楽しみが増すのでしょう？

あの子が私のようになるのも、もうあとわずかのこと……

(え……!?)

今のはどういう意味なのだろう。悪い予感に足許がぐらつくような気がしたそのとき、ガブリエルが口にした科白に、ジョエルははっとした。

——そういえば、このあいだの子はいかがです？　よく仕えるようになりました？

(このあいだの子……？)

もしかしてライアンのことではないだろうか。ライアン以降に、リリーフィールドからいなくなったオメガはいないいからだ。

——だめだな。言うことを聞かないから手を焼いているよ。それはそれで愉しみようもあるがな
よくわからないが、ライアンを他院の修道士に引き抜いたとか、つがいにしたとか、そういう感じではない。

(……何かひどい目に遭わされてるんじゃ……)

戒律違反は見て見ぬふりができても、ライアンのことはそうはいかない。

——今回、連れてきているから、おまえもよくお仕置きしてやってくれ
——お任せください
(ライアンを連れてきているのか……!?)

だとしたら、助け出せるチャンスだ。——このことをレスターに知らせることができたら……！

なぜ彼は間に合わなかったのかと、ジョエルは心の中で詰った。帰ってくると約束したくせに。

二人の会話は続く。

——でも、探っている者がいるから、気をつけないと
——探っている者？

「ねえ、ジョエル」

（えっ……!?）

ジョエルが飛び上がりそうになった瞬間、内側から扉が開いた。

「立ち聞きとはいい趣味ですね」

「ご……ごめんなさい……っ、そんなつもりじゃ……」

失礼しますと頭を下げて、ジョエルはその場を逃げ出そうとした。けれどもすぐに腕を摑まれ、部屋の中に引きずり込まれてしまう。

ガブリエルと一緒にいたのは、晩餐会のときに見た貴族の一人だった。

（たしかグレンヴィル伯爵……）

彼はジョエルの腕を乱暴に後ろへまわす。ジョエルは抗おうとしたが、腕力が違いすぎ

た。

「放してください……！」

ジョエルは叫んだ。

「でないと、戒律違反だってラフェンスベルガー修道院長に言いますよ……！」

「戒律？　懐かしい」

ガブリエルは喉で笑った。

「ラフェンスベルガーが同じ穴の狢でないとでも？　そもそもオメガがこのようにできているのは、神様がそう創ったからでしょう？　どうして否定する必要がありますか？」

ジョエルは答えることができなかった。

「あなたには、どうせミサの生け贄になってもらうつもりだったのです。余計なことに首を突っ込めなくなるようにね」

「生け贄……!?」

まともなミサに、そんなものが必要なわけはない。

「どんな儀式が行われるか、知りたい？　……ここに」

ガブリエルの手が、ジョエルの下腹にふれる。

「あなたが十三人の精液を受け入れる。そしてあなたの血を浴びたもう一人の生け贄と、主宰の聖バフォメット修道院長が性交する」

（それは黒ミサじゃないか……！）

しかも「あなたの血」とは、ジョエルは生け贄として殺されるということ……!?

反射的に逃げようとしたジョエルの鼻先に、強く香る壜があてがわれる。その瞬間、くらっと眩暈がした。

「よく効くでしょう？　特にオメガにはね」

ガブリエルの声が遠く聞こえる。

ジョエルは意識を手放していた。


気がつくと、最初に目に飛び込んできたのは、聖堂の天井だった。

起きあがろうとしたが、手足を縛りつけられているようで、身じろぎさえままならなかった。自由になるのは首だけのようだ。

見まわせば、ジョエルは黒い布で覆われた祭壇に横たわっていた。しかも、感触からすると、裸で。

たくさんの蠟燭の灯りが揺らめき、聖堂を照らしていた。その中で繰り広げられている悍ましい光景に、ジョエルは悲鳴をあげそうになった。

数十人の男たちが、絡み合っていた。聖バフォメット修道院の、そして合同ミサに招待されたいくつかの修道院の修道士たち、同じく招待客の貴族たち——淫らな声をあげ、さまざまな体位で、ときには複数で。

それを背景に、司祭が聞いたこともない祈りを捧げている。

——あなたが十三人の精液を受け入れる。そしてあなたの血を浴びたもう一人の生け贄と、主宰の聖バフォメット修道院長が性交する
ガブリエルの言葉を思い出し、気が狂うような恐怖に襲われた。

(どうして……どうして、こんな。——何もないって)

——楽しい集会だったよ。また選ばれたら行ってみたいな
合同ミサに招待されて戻ってきた修道士たちは、そんなふうに言っていたのに。自分だけがどうしてこんな目に遭わねばならないのか。

けれどもおそらく、その考えは逆なのだ。

彼らは納得してこのミサに身を委ねたから無事に帰ってこられたのだ。そして帰ってこなかった「取り立てられた」者たちは、そうでなかったから帰してもらえなかったのだ。

——ライアンのように。

彼らは今どこにいるのだろう?

(もしかして、死ん——)

いや、グレンヴィル伯爵はライアンを連れてきていると言った。彼同様、ほかのオメガたちも、少なくとも故意に命を奪われたりはしていないはずだ。そう思いたい。

(ライアン……!?)

逃げる手段を探して周囲を見回していたジョエルは、鳥籠のような檻の中に閉じこめられている少年を見つけた。ずいぶんと痩せ細っていたが、以前肖像画で見た栗毛に緑の瞳のその顔は、ライアンそっくりに見える。彼は蒼褪めた顔色をして、ジョエルのほうを見つめていた。

(ライアンだ……せっかくライアンを見つけたのに……!)

「……面白いものをつけているな」

ふいに降ってきた声に、ジョエルははっとした。

気がつけば数人の——おそらく十三人の男たちが、ジョエルのまわりを囲んでいた。彼らは貞操帯を見て嗤う。

「外してやるか」

「そのままのほうが面白かろう」

笑い声が響いた。

「聖杯を」

美しい銀の器が運ばれる。

先刻響いていたのと同じ、なんの祈りかわからない祈りが捧げられた。撃たれたように、ふいにジョエルは気づく。これは主の祈りを逆から唱えているのだと。

杯がジョエルの下腹の上で傾けられる。赤い液体が降りかかり、ジョエルは息を呑んだ。そのまま気を失ってしまいたかった。どうにか正気を保てたのは、ワインの匂いが周囲に広がったからだ。赤い液体は血ではなくワインだったのだ。

けれどこれで終わるわけではない。

一人の男が逆十字を切り、ジョエルの上に覆い被さってきた。

「や……」

やめろ、と叫んだはずが、声にならなかった。

男がジョエルの肌の上のワインを舐め取る。その舌の感触にぞっと鳥肌が立った。男は最後に音を立てて啜りあげると、嫌悪のあまり縮んでしまったジョエルの陰茎を持ち上げ、後ろの孔へ舌先を伸ばしてきた。

「ひ……」

これ以上は堪えられないと思った。このままこの男に、そのあとも続く男たちに犯され、精液を注ぎ込まれるくらいなら、死んだほうがはるかにましだった。

「レスター……っ！！」

無意識にたすけを求める叫びが零れる。

（絶対戻ってくるって言ったくせに……っ）

向こうには病気のウィリアムがいる。大丈夫だと言ったのは自分自身だ。責めるつもりはなかったのに。

聖堂の外で銃声が響いたのはそのときだった。直後、大きな音を立てて正面扉が開いた。

「動くな！　全員両手を上げろ……！」

（え……？）

ジョエルは目を疑った。

扉を開けて入ってきたのは、銃を手にしたレスターだった。

（レスター……）

じわりと涙が溢れた。

（……来てくれた……？）

雪崩れ込んできたのは彼だけではなかった。数十人ほどの兵士を背後に引き連れていた。

絡み合っていた者たちが色めき立つ。

「なんだおまえたちは……！　ここを聖バフォメット修道院と知っての……」

「この惨状に言い訳できるならやってみろ‼　全員捕縛しろ……！」

レスターは命じて、会衆席の中央を抜け、祭壇へと駆け上がってくる。

「レスター……っ」

「今、放してやるからな……！」

ジョエルの手足の縛めを外そうとする。その後ろから男たちの一人が銅像で殴りかかってくるのが見えた。

「レスター‼　後ろ……っ」

彼は振り返りざま男を体当たりで倒し、昏倒させた。

応戦する者、逃げ出す者、それを追う者。聖堂は阿鼻叫喚の嵐だった。逃げようとした誰かが敷物を引っ張って蠟燭を倒し、炎が燃え広がる。

レスターはナイフを使ってジョエルの手足の枷を外してくれた。ジョエルは夢中で彼に抱きついた。

「レスター……レスター」

彼の名が勝手に口から零れた。レスターは痛いほど強く抱き締めてくる。

「遅くなってごめん……！」

ジョエルは首を振った。

レスターは自分のマントをジョエルに着せかけ、祭壇から抱き下ろす。

「逃がすか……！」

聖バフォメット修道院長が銃口を向けてきた。レスターはジョエルを後ろにかばい、傍にあった聖杯を投げつけて銃を叩き落とした。そのまま突進して彼を押さえ込む。喉元にナイフを突きつけた。

ジョエルは駆け寄り、レスターの尻ポケットからはみ出していた捕縛縄で、彼の下敷きになっていた院長の脚を縛った。

レスターが振り返って、軽く親指を立てた。彼は院長の腕も縛り、同行した兵士たちに引き渡す。

祭壇にも火が回りつつあった。

「レスター、ライアンが……！」

「ライアンがいるのか⁉」

ジョエルは頷いて、指差す。

「あそこ……！」

二人は檻に駆け寄った。鍵がかかっていたのを、強引に銃で壊す。

「ライアンだな？　ウィリアムに頼まれて助けに来た」

レスターがそう言うと、死んだようだったライアンの瞳が光を取り戻したように見えた。

蹲っていた彼の手を引いて檻から連れ出し、一緒に聖堂の出口に向かおうとした瞬間、目の端にガブリエル修練長の姿が映った。

「ガブリエル修練長……！」

ジョエルは思わず叫んだ。

ガブリエルはもう一人の男と一緒だった。

（あれは……グレンヴィル伯爵……!?）

彼らは祭壇の奥の聖職者出入り口から逃げようとしていた。レスターが振り向き、追おうとしたが、通路を覆った炎に阻まれた。彼は舌打ちした。

「――ぐずぐずしてると、こっちも逃げられなくなる」

ジョエルはレスターに肩を抱かれ、聖堂から脱出した。


後始末を兵士隊に任せ、レスターはジョエルとライアンの馬車へ乗り込んできた。

彼を待っているあいだに眠って――というか気を失ってしまったライアンを向かいの席へ横たえ、レスターはジョエルの隣に腰を下ろした。

彼に抱き寄せられるまま、肩に凭れる。疲労と、嗅がされた薬がまだ残っているのか、ジョエルは自分の身体を支えていられなくなっていた。

こうして彼の匂いを感じていると、一度は収まっていた発情の熱が痛いほど昂ぶってくる。素肌に彼のマントを羽織っているせいもあるのかもしれない。抑えようとしても、身体の震えが止まらなかった。ジョエルはただぎゅっとマントの端を握り締めていた。

「……これ」

レスターがその裾を少しだけ持ち上げる。彼の視線に性器が、そしてその根元に巻きついた貞操帯が晒され、ジョエルは息を呑んだ。

「どうしたんだよ」

「い……いろいろあって」

「発情抑制剤は?」

「……見つかって、取り上げられて……それで、懲罰を」

それでどこまで察したのか、レスターは舌打ちした。

「外せるのか? 鍵は?」

「かかってないらしいけど、自分じゃ無理で」

レスターはジョエルの身体を馬車のシートに横たえた。

「こ……ここで?」

眠っているとはいえ、ライアンがすぐ傍にいる。御者のことも気にかかった。前を向いているとはいえ、振り返れば小窓から見えてしまう。けれども、もうそこが限界なのは間違いなかった。

「我慢しろ」

ジョエルは小さく頷いた。

レスターが片脚を肩に担ぐようにして覗き込んでくるのが、物凄い羞恥だった。勃ちあがった陰茎の裏側の留め金にふれる。

「……っ」

「……たしかに複雑なかたち、してるな」

レスターは留め金を外そうとする。彼が手を動かすたびに身体のどこかにふれ、ジョエルは必死に声を殺さなければならなかった。

(こんな、……されてるわけでもないのに)

ただ縛めを解こうとしてくれているだけなのに、感じてしまうなんて。

「んん……ッ！」

彼の手がすべったのか根元を強く擦られ、つい声をあげてしまった。

「……大丈夫か？」

「ん……大、丈夫……っ」

縋るようにぎゅっとマントを握り締めて堪える。

「……っ……ん……ぁ」

(もしライアンが目を覚ましたら)

こんな声を聞かれるわけにはいかない。

ベルトを引っ張られる小さな痛みと指がふれる快感。そして吐息までが敏感になった肌をくすぐった。レスターの息も荒くなっている気がした。

「ん、あ、……ァ……ッ」

「外れた……！」

「んんぅぁ……ッ――」

声を堪えることはできなかった。

ほっとしたのと同時に、長い時間堰き止められていたものを吐き出して、ジョエルは目の前が真っ白に弾けたのを感じていた。

11

そのまま眠ったのか、気を失ったのかわからない。

目が覚めたときには、豪奢な天蓋付きのベッドに横たわっていた。

「ここ……は」

「うちの別邸。あんまり使ってないから荒れてるけどな。なるべく近いところで休んだほうがいいと思って」

これが荒れているなら、リリーフィールドもジョエルの実家も荒ら屋だ。

気がつくと、あれほどどろどろだった自分の身体もすっかり綺麗になっていた。レスターが拭ってくれたのかと思うと、恥ずかしいのを通り越していたたまれない気持ちになった。

「……ありがとう。……汚かっただろ」

「いや……」

答え辛いことを言ってしまった、と思う。レスターはめずらしく言葉を濁す。

「でも、俺の手で拭いたかったんだ」

ごめん、とレスターは言った。

「何がだよ」

「遅くなって。……っていうか、やっぱりリリーフィールドを離れるんじゃなかった」

「それは俺が行けって言ったんだから」

戻ってこないかもしれないと思って不安だったけれど、再会できた今となっては、そんな気持ちは霧のように消えていた。

「それに、こうして助けてくれた」

もし彼が来なかったら——あのまま十三人に犯されていたらと思うと、今でも恐ろしさに気が遠くなる。悍ましいなどという言葉では、到底言い表すことができない。

ジョエルはベッドの上に身を起こした。

「まだちゃんとお礼も言ってなかったよな。……ありがとう。なんか、昔からおまえには助けられてばっかりだな」

レスターはふっと笑った。

「これを機会に、おまえももっと危機感持てよな」

「……うん」

持っているつもりなのだが、やはり甘い部分があるのだろう。リリーフィールドや合同ミサの裏の顔について、何度もレスターは警鐘を鳴らしてくれていたのに。

「……とにかく、おまえが無事でよかった」

レスターはジョエルをぎゅっと抱き締めてきた。

「もっと早く着ければよかったんだけど」

ジョエルは首を振った。間に合ったんだから、十分だ。彼の背を抱き締め返す。

「……ウィリアムは？　病気のほうは大丈夫だったのか？」

「ああ。だいぶ危なかったけど、ライアンのことを話したら気力を取り戻したみたいで、今は持ち直してる。明日の朝になったら、ライアンをあいつのところに連れていこうと思ってる」

「うん。……よかった」

快方に向かっていると聞いて、ほっとした。

「もし最悪、ウィリアムの状態が悪いままでも、合同ミサには間に合うように発つつもりだったんだ。あれは相当危険な気がしてたから」

無茶を言う、と思う。けれども彼が、どんなことがあっても駆けつけるつもりでいてくれたことは嬉しかった。

レスターが実際にリリーフィールド修道院に着いたのは、昨日の昼前だったのだという。

「ちょうど馬車を出して支度をしているところだった。それで出発を待ってあとをつけて、合同ミサが聖バフォメット修道院で行われることを知ったんだ。忍び込もうと思ったけど、門のところで厳重に招待状と人数を確認していて入れなかった。でも、警戒してるってことは、それだけ中ではやばいことが行われてるってことかもしれない。知った顔が……貴族が意外に大勢招待されてたしな。そう来たら、黒ミサと乱交は想像するだろ」

ジョエルは思いつきもしなかったが。

「入れないなら、力ずくで入るしかない。それで、うちの私兵を連れていった」

「私兵だったのか……地元の自警団かと思った」

それにしては装備が立派だったけれど。

「自警団が動いてくれるんなら苦労はなかったんだけどな。多分、癒着してるんじゃないかと思ったから、リリーフィールドを離れるときに、招集をかけておいたんだ。合同ミサがどこで行われるかは結局摑めないままだったけど、リリーフィールドからそう遠くない修道院のどこかだろうとは思ったから」

そこまで考えて動いてくれたのか思う。

「結局、全部おまえの想像が当たってたんだよな。……けど、なんで最初からそんなに合同ミサを疑ってたんだ?」

「俺からすると、信じてたおまえのほうが不思議だったけどな。人を疑うことを知らないっていうかなんていうか……。勘といえば勘だけど、実際おかしかっただろ。合同ミサのあと帰らない子がいて、行き先は秘密、手紙も来ない、なんて言うのは」

今から思えば、本当にそのとおりだった。いや、ジョエルにしても、おかしいと思わなかったわけではなかったのだ。ただ、聖なる修道院が、そんな悪行を行っているなんて信じられなかった——信じたくなかった。

けれどもあり得ないと思って見過ごせば、ライアンのような被害者を見捨てることにもなりうるのだ。

「ライアンは助けられたけど、……中には」

(もう手遅れの子もいるかも)

命を奪うことまではしていないと思いたいけれども。

「……消えた子たちのことは、できる限り調査するつもりだけどな。俺に権限があるわけじゃないから、まずはそこからになるけど」

レスターの声は重い。

(今までライアンや俺のように捕まったオメガたち、できればみんな無事に見つかればいいけど)

リリーフィールドのようにオメガだけを集めて暮らせば、フェロモンが誘発する強姦事件などの問題を防ぐことができる。教師になれるとかだけでなく、そういう意味でも有意義なはずの仕組みだったのに、どうしてこんなことになってしまったのだろう。

（……最初から無理があったんだろうか）

——そもそもオメガがこのようにできているのは、神様がそう創ったからでしょう？

どうして否定する必要がありますか？

ガブリエルの科白が耳に蘇った。

「これから、リリーフィールドはどうなるんだろう？　ほかの修道院も……」

複数の修道院で黒ミサ、オメガの売買などを行っていたことが明るみに出たのだ。無傷では済まないだろう。

だが、親に閉じこめられるようにしてあそこにいたオメガたちもたくさんいる。消えた子たちも、見つかったとしても帰る場所があるのかどうか。

ジョエル自身も、これからどうしたらいいのか未だわからなかった。仲間だと思っていたオメガたちにあんな目に遭わされ、裏側まで知ってしまった以上、リリーフィールドの暮らしを続けたくはない。けれども家に居場所はないのだ。

「聖バフォメットは焼け落ちたし、多分あそこは閉鎖になるかな……。リリーフィールドは……陛下や治安判事の判断だろうけど、頭をすげ替えてまともな修道院として生まれ変わるといいが」

本当にそうなればいい、とジョエルも思った。そのときはジョエルもリリーフィールドに戻れるだろうか……？　それとも実家に帰るべきか。

「捕まえたやつらからある程度の証言は取れるだろうけど、横やりは入るだろうな。……どこまで断罪できるか」

先行きの不透明さに、レスターはため息をついた。

「……でも、とりあえずライアンはウィリアムのところに帰してやれてよかったよな。役目は果たせただろ」

ジョエルはレスターを励まそうとした。

明日ライアンを送っていったら、レスターはそのままヴァンデグリフト侯爵家に帰るのだろう。彼がもう一度リリーフィールドに戻る理由は何もない。

（……終わりが来る）

振りまわされたし恨めしく思ったりもしたけど、楽しかった。会えてよかった。

「……本当はちょっと違うんだ」

「え？　何が？」

「リリーフィールドへ行ったのは、ライアンのことを調べるのが一番の目的だったわけじゃないんだ」

レスターはジョエルの瞳を覗き込んできた。

「おまえに会いに行ったんだ」

息が止まるかと思った。そうなんじゃないかと——そうだったらいいと思ったこともあったけれども。

「だ、だっておまえ……そんなこと、一言も」

すぐにはとても信じられなかった。ただじわじわと頬が熱くなってくる。

「言えないだろ。四年間一度も会ってなかったのに、突然そんなことを言われても困るだろう」

そう……たしかにジョエルが寄宿学校を退学してから、一度も会ってはいなかった。連絡さえ取り合っていなかったのに。

「おまえが教師になるためにリリーフィールド修道院に入るって話を聞いて、調べたんだ。ちょっと胡散臭い気がしたし……どんなところか気になって」

（四年も会ってなかったのに？）

会わなくても、かつての級友のことを気に留めてくれていたのだろうか。だとしたら凄く嬉しいけれど。

「……俺がリリーフィールドに入院すること、入る前から知ってたのか？」

「あ？　……ああ、……まあ」

さりげなく目を逸らす。その表情には、なんとなく違和感があった。

「そんな話、今はいいだろ」

「よくない」

ジョエルがリリーフィールドに入ったことはどちらかといえば秘密に近かったと思う。両親としては、あまり広めたくはなかったはずだった。

それでも入ったあとなら何かのきっかけで噂になることもあるだろう。……けれど、入る前に？

両親とは話し合いというほどのこともせず、ただ決心を伝えて家を出た。その伝えてから実際に発つまでのあいだの、どこでレスターの耳に入ったのだろう。

ジョエルはじっとレスターの顔を見つめる。

「……メイド」

やがてぼそりとレスターは呟いた。

「メイド？」

「買収して、何かあったときは知らせるように言い含めてあった」

「――………」

ジョエルはひととき絶句した。

「な……なんで？」

「気になったからだよ……！　大丈夫なのかって！　オメガは生活していくのが大変だとか実家にはあまり頼れないから自立しないととか散々聞いてたからな。そもそもおまえが悪いわけでもないのに、なんで退学させられなきゃならなかったのか。……俺のためだったんじゃないのか？」

そのことを、レスターはずっと気にしてくれていたのだ。

あのときメイソンは、ジョエルがおとなしく退学すれば、レスターへの告発を取り下げると言った。そのことが影響しなかったと言ったら嘘になるけれども。

「……どうせ学資的にも限界だったんだ。俺が諦めたことで、父も異母弟も助かったんだから」

「そんなの理不尽だろ……！　おまえ、あんなに優秀だったのに」

今でもレスターがそう言ってくれるのが嬉しい。

「だから、家庭教師の口も世話してくれてたのか？」

ずっと不思議に思ってはいたのだ。オメガであるにもかかわらず、首になっても何度でも良家から声がかかった。なぜそんなに都合よく新しい口があるのかと。

もしかしてレスターが友人などに頼んで手をまわしてくれていたのではないか。

「……それくらいしか、できることがなかったからな」

じっと見つめると、レスターは白状した。

やはり、レスターが手をまわしてくれていたのだ。出会ってから今まで、どれほど彼に助けられてきたことだろう。

「リリーフィールドを調べても、そう簡単には何も出てこなかったけどな。……だけどある日、体調を崩してずっと休んでいたウィリアムの見舞いに行ったら、オメガの恋人がリリーフィールドで流行病にかかって死んだって話を聞かされたんだ。でも俺が調べた範囲じゃ、あそこでそんな病が流行ったなんて話はなかった。それで本当に何かあるのかもしれないと疑いはじめた。もしそうなら、ジョエルも危険かもしれない」

「……それでリリーフィールドに来てくれたのか？　……俺のために？」

「おまえを守るためだよ」

その言葉を聞いた瞬間、息もできないくらい心臓が高鳴った。

「……ずっと心に引っかかってて、忘れられなかったんだ。おまえのことが」

(……俺も)

ずっとレスターのことが忘れられなかった。あの頃の些細な出来事や、彼の笑顔、守ってくれたこと、ふと気がついたらいつも思い出していた。

(忘れられなかった)

「手紙の返事が来なかったことが答えだと……諦めようと思ってたんだけどな。でも、あれが届いてなかった可能性っていうのを、もっと考えてみればよかった」

レスターは苦笑のようなものを浮かべた。

けれどそれはジョエルも同じだったのかもしれない。もう一度、手紙を出して確かめてみる勇気がなかった。

「ただの郵便事故だったんだもんな」

ジョエルもまた笑った。けれども、レスターは首を振った。

「今思えば、事故じゃなかったんだろう」

「え？」

「異母兄(あに)が……異母兄の息のかかったメイドが、手紙を掠め取っていたのかもしれない。異母兄が俺の評判を落とそうとしたり陥れようと画策したり……何かと顕著に暗躍するようになったのは、考えてみればちょうどその頃からのことだったからな」

「え……？」

ジョエルへの手紙と異母兄の暗躍が、頭の中でまったく結びつかなかった。

「それってどういう……？」

「つがいになってくれ、って書いたから」

ジョエルは息を呑んだ。耳を疑った。

「つ……つがい？　……だって、おまえ、ベータじゃ……」

寄宿学校時代に偶然見てしまった書類に、たしかにそう書いてあったのに。

「あの書類のことなら、嘘なんだ」

「嘘？」

「リリーフィールドにも賄賂を積んで、性別を偽って宿泊許可を得た。俺はアルファだ」

驚いたと同時に、ジョエルはすんなりと納得してしまっていた。ベータだという書類を見てしまったときのほうが驚いたくらいだった。レスターはそれくらいアルファらしいアルファだった。

「俺の母親は後妻で、亡くなった先妻のほうに異母兄がいるんだが……」

寄宿学校にいた頃、そんな話を聞いたことがあった。

「祖母が公爵家出身の先妻を気に入っていて、異母兄のことを跡取りにしたがっていたから、俺の母親は余計な軋轢を避けるために、俺のことをベータだと偽っていたんだ。異母兄もアルファだったし、俺も母も跡取りには特に興味がなかったから、それで上手くいくはずだった。……だが異母兄にはいろいろ問題があって……」

「問題……」

「最初は成績が悪いとかその程度のことだったんだが、悪い仲間とつるんで乱痴気騒ぎを繰り返したり、酒、薬、オメガを拉致して輪姦しようとしたり、異母兄は自分で勝手にどんどん評判を落としていった。そんなときに手紙を盗み見て、俺がアルファだと知って危機感を持ったんだろうな。俺に対する嫌がらせが、ついにはポロの日に馬の鞍に細工をするみたいなところまで発展して」

「そんな、実の弟に……」

下手をすると大怪我をしかねない。

「そんなもろもろがすべて父の耳に入り、異母兄は廃嫡されたんだ。俺が跡取りに決まったから、もう性別を偽る必要もない」

レスターはジョエルの手をぎゅっと握り締めた。

「手紙の返事がなかったのは、おまえにつがいになる気がないからだと思ってた。だが、そうじゃないならもう一度言わせて欲しい。ずっと好きだったんだ。俺と結婚して、つがいになってくれないか」

その言葉が嬉しくてたまらなかった。声を出したら、涙が出てしまいそうだった。けれど、つがいになるのはそんなに簡単なことではない。

「……きっと侯爵が反対する」

「させない」

レスターはきっぱりと言った。

「どうしても、って反対されたら、そのときはぶち殺してもいい」

「はあっ？」

ジョエルが思わず声をあげると、レスターは笑った。

「なんだ……冗談か」

それはそうだろう。一瞬本気っぽく聞こえたから、真に受けてしまった。

（冗談、だよな……？）

「さあ、どうかな。本当にやるかもな?」

「馬鹿」

「おまえと一緒にいるためなら、なんでもするって言ってるんだよ」

「レスター……」

「成績のことだけじゃなくて、おまえができるやつなのはわかってる。監督生だった頃も、凄くやりやすかったしな。おまえが教師になりたいならできる限り便宜を図るし、他にやりたいことがあればなんでも協力する。……でも、もし教師じゃなくてもいいなら、……俺を手伝って欲しい」

「手伝う、って……」

「俺は将来、家を継がなきゃならない。そうなったら、やらなきゃいけないことは山ほどある。家の中のことは勿論、領地の管理、社交に事業も。だからおまえにも、俺と一緒にヴァンデグリフト侯爵家を経営して欲しいんだ」

ジョエルは目を見開いた。

生徒に教える仕事は好きだったが、教師になりたかったのは、それ以外に就けそうな職業がなかったからというのも大きい。他の仕事ではだめということはない。

だけど将来のヴァンデグリフト侯爵の妻になり、その経営にも携わるというのは、あまりに大それたことに思えた。

「……本当に俺でいいのか？」

けれどレスターはあの頃のジョエルを評価してくれる。ちゃんと彼の役に立てていたのだ。だったら、もう一度彼と一緒にやってみたかった。できるかどうかわからないけれど、レスターが認めてくれるなら、頑張れる気がした。

「勿論……！」

弾んだ声でレスターは言った。

「離れてから四年たっても、俺の気持ちは変わらなかった。もう、変わることはないと思う。……愛してるんだ」

（愛――）

初めて口にされたその言葉に、鼓動が痛いほど高鳴る。

「レスター……」

じわりと涙が滲んだ。

「お……俺も、……ずっと胸の中におまえがいた」

「……ジョエル、……つがいになってくれるか？」

滲んだ涙を拭いながら、ジョエルは頷く。

「結婚しよう」

と、レスターは言った。

「うん」

答えとともに口づけると、そのまま強く抱き締められた。


次第に深くなるキスとともにベッドに押し倒された。

レスターは自分が着ていたものを手早く脱ぎ、ジョエルの素肌にふれてきた。身体中に口づけられる。乳首へのキスは一際濃厚だった。

（キスというか……）

舐られ、吸われ、嚙まれたのだ。

「ん……ああ……っ」

ジョエルはレスターとのあいだに挟まれたものを、彼の下腹に擦りつけるようにして達してしまった。

発情期とはいえ、また自分だけ簡単にいってしまったことに激しい羞恥を感じながら、レスターのものもまた熱を持って屹立していることにジョエルは気づいた。

それが視界に入った瞬間、また身体に火がついてしまう。半ば無意識に手を伸ばす。指先が触れて、その熱さにびくりとした。

「けっこう俺のこれ、好きだよな？」

「……っそういうわけじゃ……っ」

「でもときどき見てるよな？」

「う……そういうつもりじゃないけど、……なんか目が吸い寄せられるっていうか……」

それもオメガの本能なのかもしれない。好きなアルファの性に惹かれてしまうというのは。

レスターは軽く吹き出した。

「ま、俺にだけいやらしいんなら大歓迎だけど」

軽口に、ジョエルはレスターの頬を抓った。

「痛たた、……ほら、さわるんなら、そこじゃなくてここさわって」

その手を取って、下を握らされる。

「……っ」

「こっちでやってくれてもいいけど」

唇にふれられると、どきりと心臓が音を立てた。してもらったことはあっても、自分がする、ということは考えたことがなかったけれど。

ジョエルはそろそろと身を起こす。

「え、やってくれるのか？」

自分で言い出しておきながら、レスターは驚いたようだった。

「……座れよ」

「あ、ああ」

レスターはベッドのヘッドボードを背に座る。その両脚のあいだに、ジョエルは屈んだ。そそり勃つものがすぐ目の前にあって、ひどく恥ずかしい。脈動まで見えるような気がした。しかもそれは見ているだけでもさらに反り返っていくようで。

「視姦してるのか？　それもけっこう興奮するけどな」

「ばっ、ちが……」

ある意味そうなのかもしれないけれども。

ジョエルは目の前で見る大きさにもその脈動にも恐ろしさを感じながら、思いきってそれをぱくりと咥えた。上でレスターが小さく呻く。

「……っはは、いきなりか」

そういえば彼にしてもらったときは、最初は舐めたり添えた指で擦ったり……というところからはじまっていたような気がする。

「いいよ、おまえのしたいとおりにやって」

したい――のかと言われると、したいんじゃなくておまえがさせてるんだろ、とは言いたくなるけれども。

あまりに大きくて、目に涙を滲ませながらも、結局ジョエルは咥えたままもごもごと口を動かした。

「っ、ん、歯はあてんなよ……」

頷くと、それが刺激になったのか、また息を詰める。自分がすることで反応が返ってくると、口の中のものが愛おしかった。

「んっ……ん、う……っ」

……けれども、それからどうしたらいいかわからず、ただ夢中で吸いついているばかりになってしまう。

「ん、……んっ……」

「……喉、感じんの？」

レスターが囁いてきたけれども、よく意味がわからなかった。

「ほら、ここ」

彼はジョエルの頭を両手で摑むと、押しつけるように腰を突きつけてくる。彼の性器が、ジョエルの喉の奥を擦った。

「んん……ッ……！」

その瞬間、下腹にまで響くような快感が突き抜け、ジョエルは目を見開いた。そのままレスターは腰を揺すり続ける。

「ん、んんっ、んんん……っ」

口の中を、喉の奥まで性器がスライドしていく。それだけなのに、おかしいくらい気持ちがよかった。

(もっと……もっと奥)

無意識にそんなことを希んでしまう。自分自身、痛いくらい勃っているのがわかる。彼の手が背中を通って腰から尻を撫でた。

「……っ……」

ぞわりと下腹が疼いた。

「ずっと揺れてんの、やらしくて可愛いな」

「んんっ……」

抗議の呻きを漏らすと、レスターは軽く笑った。

「……そうそう、喉、締めて」

彼の声も微かに掠(かす)れ、吐息が混じりはじめていた。

動きが次第に速くなっていく。息が止まるほど突き込まれて、喉の奥に叩きつけるように熱いものが注ぎ込まれた。

「……ッ……」

ジョエルはそれを飲み、飲み込みきれずに咳き込んだ。

った。

「……大丈夫か?」

レスターの手がそっと髪にふれ、口許を拭う。やさしいと言ってもいいほどの手つきだった。

ジョエルは小さく頷いた。

「美味しかった?」

「……なわけないだろ……」

じっとりと睨む。

「……不味い」

恨みがましく言ってみたものの、本当はそれほど不味くはなかった。

(むしろ美味し……って何変態じみたこと)

うっかり浮かんでしまった感想を振り払う。

レスターはジョエルに口づけ、囁いた。

「つがいにしていいか?」

ジョエルは小さく息を呑み、こくりと頷いた。

心臓が耳にあるかのように自分の鼓動が聞こえ、ぼうっとしているうちにベッドに押し倒されていた。

「凄いばくばくしてんな」

レスターはジョエルの胸に手を当てて言った。気恥ずかしくなって、ジョエルは目を逸らす。

「でも、俺も」

彼はジョエルの手をとり、自分の胸にふれさせた。そこはたしかにジョエルと同じくらい早く上下しているように思えた。

同じなんだ、と思ったら、唇が緩んだ。

「……ジョエル。好きだったんだ、本当にずっと」

と、レスターは言った。

「大切にするから」

「うん……俺も、好きだよ」

「やっと言ったな」

と、レスターは微笑った。

「……馬鹿」

はっきりと口にするのは、考えてみれば初めてのことだった。ひどく照れてしまうジョエルをレスターは痛いほど強く抱き締めてきた。

そのままジョエルに覆い被さってくる。そして脚を開かせ、後孔へと手を伸ばした。

「あっ——」

指先がふれた瞬間、声が漏れた。

「……凄いな。凄く濡れてる」

探られれば、ぐちゅりと音を立てる。自覚していた以上に濡れているのがわかって、いたたまれない。

「俺の、舐めて、こんなになったの？」

ジョエルは羞恥で顔を上げられなかった。彼の視線がそこにあるのがわかればなおさらだった。

中に指が挿入されてくる。

「あぁぁっ――」

その瞬間、鋭い快感が背筋を貫いてきた。

「あっ、あっ……っ、ああ……っん」

レスターはそのまま緩く掻きまわす。内襞がひどく敏感になっていて、擦られるとたまらない気持ちになる。堪えきれず、ジョエルは身を捩り続けた。

「も……これ、凄い恥ずかし……」

「うん、いやらしいな。ぱくぱくしてる」

もうこんなに恥ずかしいなら、さっさと挿れてくれたほうがいいくらいなのに。

「……気持ちいい？」

「聞くな……っ」

おかしくなりそうなほど気持ちがよかった。けれど、それでは足りない。もっと深いところまで暴かれたい。ジョエルは半ば無意識のうちに膝を立て、脚を開いていた。

「……っ、もっと……っ」

上擦るように呟く。

「……挿れていいか？」

ジョエルは頷いた。

身体をうつ伏せに返される。

(あ……この格好)

つがいになるんだ、と実感する。

この姿勢を取ったことはこれまでにも何度もある。

(でも、今度は)

後ろから挟むのがレスターは好きなのかと思っていた。けれどももしかしたら彼は、こうしてつがいになるこの瞬間のことを、いつも考えていたのだろうか？

すっかり慣らされ、解(ほぐ)されたところに、レスターの熱があてがわれる。そしてジョエルの後孔を押し広げ、ずぶりとそれが挿入されてきた。

「あ……」

（挿入（はい）ってくる）

それを感じただけで涙が滲んだ。

「ん……ッあ……っ」

内壁を擦りながら、レスターが奥へと進んでくる。怖いほどの快感に、つい逃げようとするジョエルの腰を、レスターはしっかりと摑んで突き上げる。

そしてそのまま揺さぶりはじめた。

「んっ、んぅっ、あ、あ――」

慣れない行為のはずなのに、苦しいよりも狂おしいほど気持ちがよかった。深く突いて欲しくて、ジョエルは必死でそれを食い締めた。

「……吸い込まれそう」

レスターは呟く。中で彼のものがさらに硬く、膨張していくのがわかる。

「っあぁぁ……っ、あぁっ、あぁ……っ、あ、はっ……」

ジョエルは腰をうねらせた。

「あ、あ、もっと奥……っ」

「大丈夫？」

こくこくとジョエルは頷いた。レスターの動きが激しくなった。

「あぁっ……や、あ、いく、イく……っ」

「俺も」

レスターが背中に身体を重ねてくる。首筋に唇がふれた直後、鋭い痛みが走った。

「あああ……っ！」

ジョエルは猫のように背を撓(しな)らせ、彼の迸(ほとばし)りを体奥で受け止め、昇りつめていた。

リリーフィールド修道院の発情　番外編

心地よい体温に包まれ、ジョエルはふわふわとした世界を漂っていた。

頭の下にあるのはレスターの腕。横たわっているのはやわらかなマットに絹のシーツ……だろうか。

（違う……リリーフィールドのシーツがこんなにしなやかなわけが……）

ということは、これは夢だ。

（だめだ、眠ったら……！　ローガンが起きる前に戻らないと！）

ジョエルははっと瞼を開けた。

その途端、レスターの金色の瞳が飛び込んでくる。やさしく細められたそれは、ジョエルをじっと見つめていた。

（……そうだ）

寝惚けていた意識が急速に戻ってくる。

バフォメット修道院の事件のあと、ジョエルはリリーフィールドには帰っていなかった。

レスターに希まれるまま、ヴァンデグリフト侯爵家の別邸で暮らしているのだった。

「な……何見てるんだよ……っ」

照れて目を伏せると、レスターは喉で笑った。

「寝顔がめずらしくて。リリーフィールドでは、ほとんど眠らずに部屋に帰っていただろう」

その気持ちはわからないではないけれども。

「だからって……恥ずかしいだろ」

「いいだろ、やっとずっと一緒にいられるようになったんだから」

レスターは唇にキスを落としてきた。

「ん……」

ふと、ジョエルは思い出す。

「……そういえば、あのときも、なんか凄く見てたよな」

「あのとき?」

「いや……最初に、試験で……」

入学して間もなく、ジョエルが一位を獲ったときのことだ。答案を返却された教壇の前で、レスターはずいぶん長いあいだジョエルのことをじっと見つめていたのだ。

当時はオメガだとは知らなかっただろうが、貧乏貴族の子がなんの間違いで……と、でも思っていたのだろうか。あまりに見つめられたので、ジョエルもつい見つめ返してしまった。綺麗な瞳だな……と、思っていた。思い返してみれば、あのときからレスターへの恋心はすでにはじまっていたのかもしれない。

「ああ……」

　とっくに忘れているかと思ったら、レスターも覚えていたらしい。

「その頃はまだ、クラスメイトの顔もあんまり覚えてなかったからな。俺より上だったって、どんなやつなのかと思ったら……こんな可愛かったからびっくりしたんだ」

「……っばか、何言ってるんだよ……」

　そんな答えが返ってくるとは思わず、ジョエルは頬が火照るのを感じた。レスターはさらに重ねる。

「目が離せなくて、気がついたらじっと見つめてた。もしかしたら俺は、あのときおまえに一目惚れしてたのかもしれないな」

「レスター……」

　彼も同じようなことを考えてくれていたなんて。

「……それからなんとなく気になるようになって……おまえ、危なっかしかったし」

「なんだよ、危なっかしいって」

「すぐいろんなやつに狙われるから」

「い……いろんなやつってことはないだろ。絡んできてたの、メイソンたちくらいのものだったじゃないか」

「おまえのことを気にしてたやつは、ほかにもけっこういたんだよ。無事だったのは、俺が睨みを利かせてたからだ。本当に全然気がついてなかったんだな」

初耳だった。正直、まったく知らなかった。ジョエルは目をまるくする。

「気が気じゃなかったから、副監督生におまえを指名できてほっとした。目も届くし、一人部屋のほうが安全だろうから」

「……そういう理由で、俺のこと指名したのかよ？」

だとしたら、心に引っかからないわけにはいかないけれども。

「勿論、それだけじゃないけどな。あのとき言ったとおり、俺より試験ができたのはおまえだけだったし。実際、俺の目に狂いはなかった」

「一度だけだけどな」

「そのあとは俺も必死だったからな。——何度も抜かれたら格好悪いだろ」

「まあたしかに……俺みたいな貧乏貴族のオメガに……」

「馬鹿、好きな子に、だよ」

「レスター……」

ジョエルはますます頬が熱を持つのを感じた。そんなつもりで彼が最高成績を保ち続けていたなんて、考えたこともなかった。

レスターはその赤らんだ頬に口づけてくる。そして唇に。戯れるような軽いキスが、次第に深くなっていく。

「ん……」

レスターの手が身体をまさぐる。昨夜脱がされたまま、ジョエルは素肌だ。

「あ……朝っぱらから……」

「リリーフィールドならもう昼だな」

「たしかに」

リリーフィールド修道院では、まだ真っ暗なうちに一日がはじまっていた。今くらいの時間だと、すでに昼食後の仕事をしている時間だ。

とはいうものの、明るいうちに淫らなことをしようとしていることに違いはないのだけれど。

朝も昼もあまり関係ないくらい、身体を絡め合っている。そろそろ発情期は終わってもいいはずなのに、未だ気配がなかった。

堕落なのかもしれない。けれどそんなことはどうでもよくなるくらい、レスターの腕にいると気持ちがよくて、そしてそれ以上に幸福感に満たされる。

そんなとき、オメガに生まれてよかったのかもしれないとジョエルは思う。アルファやベータに生まれていたとしても、同じようにレスターと愛し合うことはできたかもしれないけれど、それでも。

「ん……っ」

指先で乳首を嬲られただけで蕩けるような快感を覚え、ジョエルは喘いだ。

——だってせっかくオメガとして生を授かったのですよ

ガブリエルの言ったことを思い出す。

——この快楽は、どんな立派なアルファの皆様にも味わえない、オメガだけのもの……

彼は今頃どうしているのだろう。未だ行方知れずだというが、グレンヴィル伯爵か誰かの許に匿われているのだろうか。

彼に黒ミサの生け贄にされかけたことはゆるせないし、ライアンや他にも被害者がいるかもしれないことを思えば、きちんと罪を償わせるべきだと思う。けれどもジョエルには、どこか彼を憎みきれていないところがあった。

ラフェンスベルガー修道院長は、リリーフィールドを逐われた。実家へ戻り、幽閉同然の身だという。あのやさしげで美しかった姿を思い出すと心が痛むが、彼がやったかもしれないことを思えば、上級貴族でなければありえない軽い処分と言えただろう。

リリーフィールドには新しい修道院長が選出され、ローガンたちはそのまま住み続けることを赦された。

他にどれほどの被害者がいたのかは、現在調査中だ。

（……みんな、無事だといいけど）

中には、心あるアルファのつがいになって、しあわせに暮らしているオメガもいるかもしれない。

（そうだといいけど……）

ジョエルのように。

「んっ……あぁ……っ」

レスターの手は次第に下へ降りていく。軽くふれられただけで、腰が浮き上がる。発情期のせいなのか、ジョエルの身体は怖いくらい敏感だった。

そういえば、リリーフィールドの裏庭に植えられていた百合(ゆり)には、鎮静作用だけでなく、煎(せん)じかたによっては発情を誘発する作用も発現することがわかっていた。予定より早くジョエルの発情期が来てしまったのは、あの百合から採取した薬を盛られていたからだったのではないか——そんなことをふと思う。

学生時代は乱れがちだった周期は、退学してからはずっと安定していたのだ。なのに、リリーフィールドに来てからは、妙に間隔が短かった。

いや……リリーフィールドに来てから、というより、もしかしてレスターに再会したから、なのだろうか？

（レスターの傍にいると、身体が……惹(ひ)かれて……？）

そう考えると、まさかと思いながらも、変に腑(ふ)に落ちるところもあるのだ。

「……何考えてるんだ？」

ふいにレスターが問いかけてきた。

「やってる最中にほかのことを考えるなんて、お仕置きに値するな」

「それだけは勘弁してくれ」

ジョエルは苦笑した。お仕置きなどと言われると、リリーフィールドのさまざまな出来事を思い出してしまう。

レスターの肩に腕を回す。

「おまえのことに決まってるだろ」

引き寄せて口づけると、レスターが応えてくる。彼は舌を絡ませながら、ジョエルの尻を撫で、片脚を抱え上げてきた。それだけでジョエルの後孔はぐちゅりと引き絞られる。レスターの指が差し込まれてきた。

「……っ……ふ」

ジョエルはびくりと腰を浮かせた。

「……凄く濡れてる」

「あっ……」

指が二本になる。深く挿れて、中を広げる。解す——というよりは、愛撫だと思う。やがて三本になった指は、ジョエルの急所をばらばらに擦る。

「あっ、あっ、そこ、だめ……っ」

そう口にしつつ、ジョエルの脚はまるでレスターを誘い込むように開いていく。

「だめ？　本当に？」

「だめ、ああ……っ」

「じゃあなんでこんなに吸いついてくるんだろうな？」

「あああっ……」

ジョエルは首を振った。否定なのか、ただ快感を散らしたかったのか、自分でもわからなかった。

レスターの指摘したとおり、ジョエルの後孔はレスターの指を締めつけている。誘い込むようにうねる。いや、実際誘い込みたいのだ。もっと――もっと奥、一番奥まで。

「あっ、あっ――」

ジョエルは腰を浮かしながら、自身の屹立をレスターのそれに擦りつけていた。はしたないことをしていると思う。けれども止まらなかった。

「気持ちいい？」

レスターが問いかけてくる。彼の視線を感じる。この快感に蕩けた顔もじっと見つめられているのか。そう思うといたたまれない。なのにジョエルはやめることができない。

「いい……ッ」

ジョエルはうわごとのように口走っていた。

「もう、無理、早く……っ」

指がぬるりと引き抜かれる。それだけでも声が漏れた。かわりにレスターの猛ったものが押し当てられる。ジョエルはぞくぞくと身を震わせた。

「当てただけで吸い込まれそうだ」

そんなつもりはないのに、身体の奥が期待に疼くのを隠すことができない。ジョエルは、立てた膝をねだるようにレスターの腰に擦りつけた。

「あ……あッ……！」

彼のものがぐっと沈み込んでくる。待ちかまえていた快感に、ジョエルは涙ぐみそうにさえなってしまった。

「あぁぁ……っ、あっ、あっ――」

たまらずに締めつけてしまう中を、レスターは軽く揺するようにして奥へと到達する。そしてジョエルの耳許で深く息を吐いた。

気持ちいい、という彼の呟きが聞こえてきて、ジョエルは頷いた。

「ん、気持ちいい、凄い、……っ」

レスターが動き出す。道をつくるようにゆっくりだったものが、次第に速くなっていく。深いところを何度も穿たれ、生理的にぼろぼろ涙が零れた。

「いい、気持ちい……ッ、ああ、ああっ――」

レスターの背中にしっかりと縋りつきながら、ジョエルはこのまま溶け合ってしまいそうなほどの、たまらない一体感を覚えていた。


「レスター！　それにジョエル……！」

ジョエルの発情期がようやく明けた頃、ウィリアムとライアンが別邸を訪れた。

四年ぶりに会うウィリアムは、病み上がりらしく少し窶れてはいたけれども、当時の気品はそのままだ。何よりも、起きあがれるくらい元気になっていたことが嬉しかった。想像していたよりずっと元気そうだった。

ライアンとはバフォメット修道院で会って以来だったが、短いあいだに見違えるように肌艶を取り戻していた。ウィリアムが好きになるのもわかる可愛らしさだ。

しあわせそうでよかった、と思う。

二人はウィリアムの両親の説得に成功し、結婚するのだという。ウィリアムの実家も伯爵家だが、九死に一生を得たウィリアムには相当甘くなっているらしい。

「二人には感謝してもしきれないよ」

これもレスターとジョエルのおかげだと、二人は何度も言ってくれた。

それに対し、レスターは混ぜ返す。

「おまえ、ずいぶん太ったな?」

もうわかったから、という意味なのだろう。実際、レスターが見舞ったときの危篤状態のウィリアムからすれば、まるで別人のようだったらしい。

「ライアンが毎日食事をつくってくれるんだ。滋養があって消化のいいものをね。これが美味しくて、つい食べすぎてしまうんだ。可愛いだけじゃなくて、料理もできるんだよ、ライアンは」

「そんな、たいしたものはつくってないし……。ただの庶民の家庭料理だよ」

「でも、今まで食べた中で、ライアンの手料理が一番美味しいよ」

二人は目を見交わし、二人の世界をつくってしまう。

「僕、ウィリアムが僕のつくった料理を美味しそうに食べてくれてるときが、一番しあわせなんだ」

と、ライアンは言った。ウィリアムがそれに応える。

「僕も、ライアンがつくってくれた手料理を食べているときが、一番しあわせかな」

その仲のよさに当てられて、毒気を抜かれたような顔をするレスターに、ジョエルはつい失笑してしまった。

それで二人は我に返り、軽く照れ笑いを浮かべた。

「そういえば、ジョエルは？」

と、ウィリアムが問いかけてきた。

「レスターといて、どんなときがしあわせ？　ま、レスターには聞くまでもない質問だろうけど」

「なんだよ、それ。俺がよほど好き者みたいに」

「語るに落ちたな。僕は何も言ってないよ」

レスターは小さく舌打ちした。

「そういう意味じゃなくても、好きな子にふれていられたら、いつだってしあわせだろ」

「まあね」

ウィリアムは微笑んだ。その視線が、再びジョエルに向けられる。

「……俺も、レスターと同じかな」

と、ジョエルは答えた。ぽっと頬が熱くなったが、抱かれて気持ちよくなることだけを言ったわけではなかった。

彼に抱かれるのもしあわせだけど、一緒に眠って、起きたら彼の寝顔がすぐ傍にある。

本当はジョエルも、先に起きたときにはレスターの寝顔をいつも眺めているのだ。

そんなときが、一番しあわせなのかもしれないとジョエルは思った。

あとがき

『リリーフィールド修道院の発情』をお手にとっていただき、ありがとうございます。鈴木あみです。

修道院&修道服萌える！　禁欲的な雰囲気がかえってエロいですよね！　性癖を詰め込んだエロを楽しく書いたので、読者の皆様にも楽しんでいただけましたら嬉しいです。

イラストを描いてくださった、サマミヤアカザ様。物凄く美しいレスターとジョエルをありがとうございました！　収録できませんでしたが、ガブリエルのラフもイメージぴったりで、読者様に見せられないのがもったいないです……！

担当のSさんにも大変お世話になりました。ありがとうございます！

そして読んでくださった皆様にも、ありがとうございました。少しでも楽しんでいただけていたら嬉しいです。ご意見ご感想など、よろしければぜひお聞かせください。

鈴木あみ

鈴木あみ先生、サマミヤアカザ先生へのお便り、
本作品に関するご意見、ご感想などは
〒101-8405
東京都千代田区神田三崎町2-18-11
二見書房　シャレード文庫
「リリーフィールド修道院の発情」係まで。

本作品は書き下ろしです

リリーフィールド修道院(しゅうどういん)の発情(はつじょう)

2023年 9 月20日　初版発行

【著者】鈴木(すずき)あみ

【発行所】株式会社二見書房
東京都千代田区神田三崎町2-18-11
電話　03(3515)2311［営業］
　　　03(3515)2313［編集］
振替　00170-4-2639
【印刷】株式会社 堀内印刷所
【製本】株式会社 村上製本所

落丁・乱丁本はお取り替えいたします。
定価は、カバーに表示してあります。

ISBN978-4-576-23101-3

https://charade.futami.co.jp/